序 幕

公牛山，佐治亚州
1972

安妮特记住了地上的每一块木板。

她花了几个月才打点好路线。她知道哪些木板踩上去会吱嘎作响，所以小心翼翼，只让光脚落在几块钉紧的木板上。那几块特别的老橡木板成了她的共犯。她已经和它们交了朋友，相信它们不会背叛自己。至于其他人或东西，那就不好说了。尽管如此，她还是十分谨慎，因为这是她第一次摸黑走这条路线。每踩实一步之前，她都会数到十，慢动作之字形前进，穿过了房子的客厅。她经过了两个大儿子合住的房间。也许过了今晚，两人关于谁该睡上铺的无休止的争吵终于可以消停了。她这么想，也只是为了对于自己接下来要做的事情觉得好受一些。她在儿子们的卧室门前停了停，听着歪鼻梁的二儿子发出断断续续的鼾声。她还记得他鼻子被打扁的那天。孩子把一罐油漆打翻在了谷仓里，他爸觉得不爽。当时他只有四岁。她靠在实木门框上——另一个经得住考验的共犯——儿子的鼻息让她心碎，喘不上气来，但还不至于让她发出声音，或是流下眼泪。她的眼泪早就哭干了。她把两根手指按在嘴唇上，随后轻轻地在门上印了一个告别吻。她低下头，找到了路线上的下一块木板，然后是再下一块，像流动的糖蜜一般缓缓前进。几分钟后，她来到左手边最后一扇门前。她停了下来，轻手轻脚，像个小偷，而且觉得这么称呼自己也不为过。她把一直紧紧攥着的一元店运动鞋小心地夹进腋下。鞋是几周前有一次她独自去维莫尔山谷时从一个大垃圾桶里捡来的，藏在她衣橱的嫁妆箱下面。这双鞋是男式的，足足大了两号，但可以保护她的脚不被外面林地上的荆棘和灌木扎伤——比她可以拥有的任何一双鞋都要安全。她握住这间卧室生锈的黄铜门把手，动作依然慢得像蜗牛，转了将近一分钟，金属锁齿才离开门闩。昨天一大早她就给铰链上过油了，所以开门的时候几乎无声无息。那扇门也已经成了她的共犯，但她还是花了很久，才一点点把门推开。

宝宝睡着。安妮特穿过洒满月光的房间，依旧小心按照练习过的步子走，看着婴儿床里小儿子的胸口上下起伏。一看见他，她就明白，自己还是哭得出来的。等她站到婴儿床边上，黑眼圈后面已经噙满了泪水。她知道会这样，她也知道这会葬送了自己。正是因为她的眼泪。其中的盐分会让她视线模糊、踏错步子，或是无意间的一声小小抽泣，会像汽笛在死寂的屋子里响起。要是压制不住情感，她就会被抓住、被杀掉。她闭上双眼，做了个深呼吸。想得太多了，得赶紧行动。月光穿过她用旧床单改的窗帘照了进来，蓝色的清辉下，宝宝铁锈红色的头发仿佛成了锃亮的铜线。她俯下身子，用手背捋顺他软脑壳上的几缕薄发，飞快地把他抱了起来，搂在胸口。她的动作既别扭又仓促，险些把夹着的鞋子弄掉一只。那一瞬间，她心跳得厉害，震动了每一块肌肉。她站在那里，双眼紧闭，胳膊肘用力夹住已经掉到了腰下面的那只鞋子。她就这么一动不动地站着，直到觉得自己又开始呼吸。她把鞋子夹回腋下，紧紧搂着宝宝，他微微一动，像是要醒过来。

"嘘，"她用几不可闻的声音低语道，"妈妈在。"

妈妈的温暖和安全感抚慰了宝宝，他呢喃一声，又坠回了梦乡。这是唯一一件全凭运气的事情。只有这件事情她无法计划。还是婴孩的小儿子对她的反应可能会毁了一切，但她的小儿子，她完美的小男孩，是不会让她今晚功亏一篑的。她已经失去了两个儿子，被偷走了。这些年来，她无奈地看着他们被这个家同化。她想也许儿子们长大一点就会有些像她，但并没有。他们的心里什么也没有，只有黑洞，和已经吞噬了她丈夫、她丈夫的父亲和众多家族祖先内心的黑洞一模一样。

*可你不会。*安妮特托着婴儿毛茸茸的红铜色脑袋。*我还能拯救你。我们能拯救彼此。*

她离开婴儿床往后退去，和来时一样悄悄溜出了屋子，没关门。月光照进客厅，照亮了她通往前门的路——通往林子——通往新的人生。

几个月来，安妮特一直在偷拿丈夫的钱——东一点西一点，每次几美元。家里各处总摆着一卷卷用橡皮筋捆着的现金，还散放着一摞摞10美元、20美元的票子，所以她确信，自己趁着打扫卫生藏到袖子里或是塞进胸罩里的那几个小钱是不会有人注意的。她把"逃跑基金"用红头绳绑好，藏在果酱罐子里，埋在外面林间空地边上的一丛枫香树下。她还藏了一点用保鲜膜包好的面包和腌鹿肉，还给宝宝准备了变天用的羊毛毯子，但今晚干燥炎热，用不着了。这是好事，意味着她可以轻装上阵。

前门也上过油，和宝宝卧室的房门一样，一推就开了。她根本不用开锁。门有锁，可从来不用上锁。没人敢进这座房子。恐惧让这座房子固若金汤，没人敢闯进来，甚至连这个念头也不敢有。也正是这种恐惧，让安妮特从不敢奢望离开。她缓缓推开了纱门。平日里会响动的门闩因为一小条强力胶布安静下来。那是她今晚睡觉前贴上去的。这么做有些危险，可能会被发现，但她别无选择。如果在夜里这个时间门闩咔嗒一声开了，就等于吹起了加百列的号角，宣布审判日的到来。她用手去推铁丝纱门的时候，脑子里甚至出现了门闩响动的幻听。她一辈子都不会忘记那个声音，哪怕走得再远也不会。那个声音会永远缠扰着她。那是每晚牢房关门的声音。锁住了她，也挡住了别人。

她刚走上门廊，来到屋檐漆黑的阴影下，便回身轻轻关好纱门，两大步踏上了台阶前面坚实的砖地。只要穿过院子和空地，前方就是她梦想了几乎十年的人生，她步步为营、终将实现的人生。在那样的人生里，她和小儿子可以远离这个充斥着鲜血与愤怒的世界。凉风拂过她汗津津的脖子，她又深呼吸了一次。这一次，她闻到了夜风中夹杂着的烟草与玉米威士忌的甜臭味，骨头与皮肤之间顿时生出了一层寒冰。

不。

她闭眼细听。只有蛐蛐的叫声。但即使听不见，她也知道他在。她就是知道。

她使劲闭上双眼，用尽全力搂住孩子。她的身体纹丝未动，心里却发了疯。她向上帝祈祷，希望这只是自己的幻觉。她乞求上帝。

上帝说：快跑。

但她动弹不得，就在这一迟疑间，上帝不见了，取而代之的，是丈夫左轮手枪击锤的一记轻响。

"外面有人了？"背后黑影里传出他的声音。

她还是无法动弹，哪怕缩缩身子也不行。她说不出话来。骨头上的寒冰扩散到了血液里，血液仿佛变成了黏稠的血浆。空地对面的松树缓缓摇曳，与她之间的距离像是远了三倍。她连眨一下眼睛都无能为力，尽管双眼已经又干又冷。

"我问你话呢，女人。"

她知道他不会催自己第三次了。于是鼓起勇气开了口，语气很诚实。

"没有。"

"那是因为我打你？"

"不是。"

"到底为什么？"

她想说谎，但知道没有意义。她没有回答。

"你花了十分钟才穿过走廊。我在外面都等睡着了。"

"我……"

"你要是敢骗我，妮特，这桩破事就更难看了。我再问你一次。你想去哪儿？"

安妮特低头看着小儿子，接受了此刻的现实。"离开。"

"离开去哪儿？"

"就是离开。离开你。"

"转过来。"他嗓音低沉，像堵着湿石子。

安妮特身子一软，照做了。她丈夫坐在门廊上的松木摇椅里。那是怀头胎时他给她做的。他躲在屋檐的阴影里，从外面根本看不到，除非他想让你看到。等他站起身来，首先映入她眼帘的，就是他左手间闪过的一道银光。她刚才已经听见那把柯尔特手枪上了膛，现在看见它就挂在他的腰间，仿佛一只精钢手套——就像他手的自然延伸。安妮特太了解那只手了——知道它有多冷酷，多无情。她现在可以辨认出他的样子了。他没穿上衣，光着脚，只套着一条从卧室地板上抓起来的工装裤。

"你沿着走廊往外挪的时候，我就看见你贴在纱门上的胶布了。聪明。你一向太他妈聪明。我以前就是喜欢你这一点。精得像个猴子，"他说起她，已经像是在谈论往事了，"我知道你会这么干。昨天整座房子被你搞得一股 WD - 40 润滑油味，我就知道你准备行动了。房子里每一扇门你都上了油——每一处铰链。我猜你给所有东西上油，是不想让我听见你出去吧。也很聪明，可惜啊，聪明反被聪明误。"

她看不清他的脸，但知道他在笑。

他满不在乎的腔调让她恶心。

"知道吗，要不是你把后门也上了油，你下床之后也许就听得见我从后门出去了，"他向前一步，把安妮特彻底逼下了门廊，"那样你说不定还跑得掉。"

"等等。"她说着，抬掌想挡住快要落下来的耳光，但加雷思却并没有对她动手。他只是冲她咧嘴一笑，走下了门廊。月光下，她终于把他看了个清楚。他苍白的皮肤反着光，胸口的肌肉轮廓毕现，双臂满是青筋。明月皎皎，就连他左胸上的刺青都清晰可辨，那是她的名字——放你在我心上，他曾对她说。她记得当晚他用卷起来的杂志打了她，因为她不想在自己身上刺一个配对的。就在那个晚上，她决定要离开他。可转眼又过了将近十年。

"你不想跟我过了，安妮特？"

"对。"她说。

"因为你不爱我了？对吗？"

"对，加雷思。不爱了。"她脱口而出，连自己都吃了一惊。看得出这句话刺痛了他，因为他噘起了上嘴唇。而他对痛苦的反应向来只有愤怒。她后悔自己说了那句话，于是想缓和一下气氛："让我们走吧，加雷思，求你了。我就此消失，再也不来烦你。"

加雷思上唇一松，变成了这些年来她越来越讨厌的似笑非笑的样子。"我会让你走的，安妮特。我答应你。"他低头看着银色的柯尔特手枪。

"别这样，加雷思。行行好吧。我是你的妻子。你曾经爱过我，对吗？你就别管我们了。放我们走吧。"

"我的妻子？"加雷思咀嚼着这个词，"那就意味着'只有死亡才能将我们分离'，妮特。对吗？那是我们立下的誓言。不是吗？你还记得吗？"

几行清泪滑过安妮特的面庞。"是的。"

加雷思举起手枪，对着自己的妻子。

"加雷思，等等。"

"闭嘴。"他向前一步，柯尔特手枪离她的脸只有几英寸。

"等等。"她又说了一遍。

"我叫你闭嘴。我一个字也不想再听了。你真觉得我会允许这种事情发生？你不至于蠢成那样吧？你以为你能带着我的儿子一走了之？我会让你得逞？"

"他是我们的儿子。"她的语气听起来近乎羞愧。她低头看着湿漉漉的草地上自己的光脚，加雷思的银色柯尔特手枪又往她面前逼近了几分。

"跪下。"

"加雷思，求你了。"

"马上。"他的喉咙像是又塞上了湿石子。

完了，她想。他要就地杀了我，就是现在。然后用粗布把她一裹，扔进卡车斗里，拉到南岭外面偏僻的乱坟岗丢掉。

"动手吧，加雷思。只是别伤了我们的儿子。"

"伤了我们的儿子？"加雷思笑了起来，这回是真笑。他环视四周，动作夸张。"是你刚把他从这座山上最安全的地方抱走。是你要把他带进林子，只拿着一条毯子，哦，不对……"加雷思从口袋里掏出一团钞票扔到地上，"一条毯子和从我这儿偷走的 340 美元。"钱不在果酱罐子里了，但还用安妮特埋它时的红头绳扎着。一切都被加雷思揭穿了。安妮特的双眼变成了无神的玻璃球。那叠钞票背后的事实粉碎了她残存的勇气。

他知道。他什么都知道。她从一开始就输了。不用再命令，她双腿一软，跪在了地上。这一跪吓到了孩子，他醒了过来，在她怀里挣扎，但她并没有松开双手。她低头凝视着他的小圆脸，总有一天，这张脸也会变成面前举枪瞄准她的那个男人的模样。一阵苦乐参半的平静涌上心头，至少她不用活着看到这种转变了。这么一想她又有了力气，抬起头来，看着自己的丈夫。她想告诉他，地狱之火将会炙烤他的骨头，但她什么都没说。她开不了口。因为她看见二儿子巴克利正站在离自己的父亲几英尺远的地方。他穿着爸爸的T恤，长得拖到了膝盖下面，露出半边瘦削苍白的肩膀。他快七岁了，并不害怕屋外的黑暗——脸上只有好奇。安妮特拭去滚滚而下的泪水，努力让自己听起来像孩子的母亲，而不是个失魂落魄的家伙。

"巴克利，宝贝，进屋去。我们没事。"孩子抓着自己的小屁股，没有动弹。

"好不好，宝贝？听妈妈的话，进屋去。"

"爸爸？"孩子抬头看着父亲。即使当着二儿子的面，加雷思也没有放下枪。

"巴克利，过去把你弟弟抱过来，放回床上。"

"不，"安妮特恳求道，"让我们走吧。"

加雷思又向前一步，左轮枪冰冷的金属枪管就快蹭到她的脸了。"听见没，巴克？你的贱人妈妈根本不在乎你或是哈尔福德。她只想带着克莱顿远走高飞，不管我们其他人死活。她已经不爱我们了，儿子。你怎么看？"

巴克利没有回答。他径直走到妈妈身边，按照爸爸说的，冲她伸出了两只胳膊。拒绝是没有意义的。爸爸怎么说，孩子就会怎么做。无论她说什么、怎么想，都无所谓。一向如此。她亲了亲婴儿的额头，把他交给了他的哥哥。宝宝一到巴克利怀里就开始哭，瘦骨嶙峋的男孩挣扎着把他抱好。他个子虽小，却很有劲儿，一直紧紧地搂着宝宝，直到他平静下来，这才开口说话。他直视着母亲的双眼：

"再见，贱人妈妈。"

就是这么几不可闻的六个字，却如同在安妮特耳朵里炸了一记响雷。她觉得自己瞬间变得苍老、空洞，就像屋后的那截山胡桃树桩。还没盖这座房子的时候，她和加雷思喜欢并肩坐在上面，设想着自己未来的生活。那一切都不再重要了。这几个字让一切都失去了意义。一切。她只祈祷加雷思能等到她的孩子们进屋之后再动手。她把头埋下去。什么都不剩了。再无一丝情感。加雷思把枪管伸进她浓密的棕发，狠狠抵住，扣动了扳机。

一声闷响，击锤敲在了撞针上。安妮特身子一缩，慢慢抬起双眼，看着加雷思。他的眼睛眯成了两条黑缝，但却不一样了。它们湿了。她以前从没见过他哭。她看着他把枪放下，捡起草地上的那叠钞票，塞进了她的上衣前胸。安妮特大气也不敢出。他动作粗鲁，弄疼了她，但她管不了这么多了。原来他并不想杀她。

"我爱过你。"他说。安妮特什么也没说。

"我尽力了。"他用手背擦了擦脸。"拿着你偷我的钱，从我的山上下去。别再回来。要是你再敢回来，或是再靠近我的孩子们，看见这个了吗？"他举起柯尔特手枪，"下次就不会是空枪了。"

她还跪着没动，犹豫着该怎么办。"明白了吗？"

她点了点头，虽然还没搞明白。她觉得有块磁铁吸着胸口，把自己拉向这个男人——拉向这个恶魔——但她没有动。

"快走。蠢货。"他把柯尔特手枪插进腰带，转过身去。她看着他走上台阶，撕下纱门门闩上的胶布。她听见了门在他背后关上时可恶的咔嗒声。这声音从外面听起来有些不一样。

巴克利从前门旁边的窗户里看着母亲在黑暗中慌乱地捡起鞋子，又看着她像黑影般消失在林子里。他抬起一只小手压在窗玻璃上，挤得扁扁的。他再也见不到她了。

再见，贱人妈妈。

加雷思走进厨房，抱起被巴克利放在冰冷的石板地上的宝宝，搂着他，直到他停止哭泣。他把孩子放回小床，来到窗边的摇椅上坐下。他从裤袋里掏出对讲机，调小音量，按下了通话键。

"瓦尔，你在吗？"

"我在，头儿。就在你让我等着的地方。她正冲我过来。"

加雷思把对讲机放在大腿上，凝视着它。"头儿，你在吗？你想让我怎么办？她知道得太多了。"

"我不在乎。"

对方沉默许久。"她是你的妻子，加雷思。"

"我也不在乎。"

不等对方回答，他就关掉对讲机，搁在了地板上。接下来的几个小时他一直没睡，希望听见纱门再被打开。他相信一定会的，但始终没有。

1

"降落伞"酒吧

北佐治亚某处偏僻林子里

现在某天

第一枪过后，臭名昭著的半山谷仓酒吧大厅前门被炸成了碎木头和劈柴棍，可音乐太响，里面一屋子汗流浃背的人都没发现。直到铅弹发出第二声咆哮，把天花板打成了筛子，迪斯科球炸得粉碎，这才吸引了人们的注意力。音乐戛然而止，镜面玻璃、隔音瓷砖和粉色隔热棉的碎片稀里哗啦掉了一舞池。酒吧里弥漫着硝烟和墙灰的蓝色浓雾，伴随着刺鼻的火药味。转眼间，大灯亮起，出现了一个身穿黑色战术服的男人，脸上绷着棕色裤袜，第三次拉动了手中的枪栓。

　　"你们这些狗娘养的，统统给我跪下！否则我一枪崩了你们的命根子。"

　　满屋的人泥雕木塑一般，全都茫然地看着他，但这人却显得轻松自在，很高兴自己终于成了大家关注的焦点。

　　"我他妈没跟你们开玩笑。你们这些死基佬，谁最后一个跪下，今天就别想有好日子过。下巴都缩回去，看什么看！赶紧趴下。"枪手冲着脚下的水泥地板一挥莫斯伯格枪管。地面滑溜溜的，都是刚洒上的野格酒，还散发着酸败啤酒的臭味，但这帮深夜偷欢客渐渐回过神来了，浓雾散去后，开始一个接一个地跪下。酒吧所在的破房子以前是大麻干燥室，就是用2×4英尺的木头架子嵌上石膏板、抹上泥灰在一块水泥地上搭起来的。它在蓝岭山脚下声名鹊起，是因为对传统道德的彻底无视。这种酒吧在北佐治亚一带很是稀罕，所以日进斗金。"塔滕降落伞"酒吧——当地人称"降落伞"——的客人多数都是些小混混、边缘人、好奇的大学生和州里其它地方的恋物癖。这些人和海伦市、雷本县里传统的威士忌酒吧格格不入，大多数人也都不屑于认识他们。枪手往酒吧里走了几步，身后又出现三个脸上绷着丝袜、身着同款战术服的男人，跟着他鱼贯而入。那三个人根据排练过的阵型移动，从人群侧面包抄过去，在开阔的舞池中四散开来，打量着酒吧的地形和顾客。领头枪手盯着人们的眼睛看来看去，等着有人跟他四目相对，最后终于等到了一个。

"就那个。"枪手指着一个大块头说。那人头很大，头发剃光了。只有他还没跪下。另一个枪手从他背后出现，举起来复枪，一枪托猛砸在肩胛骨中间，砸得大块头双膝跪地。"老大让你跪下！你个白痴。"

大块头发出野兽般的呻吟，倒下了，但很快战胜了疼痛，想要站起来。来复枪手又是一枪托，砸得他一个马趴摔在地板上。但这个大头男人居然又爬了起来，酒吧众人简直不敢相信，纷纷往后闪躲。领头的枪手用莫斯伯格枪管狠狠抵住那人面团似的后颈肉，把他的脑袋摁回地面上。

"趴着别动，傻子，否则你会失去你的大脑瓜。"

地上的男人对着水泥地说了句没人明白的话。

"趴着别动，'钉爪'。"屋里又多了一个说话的声音，大家转头朝吧台望去。另一个大块头男人——弗雷迪·塔滕——从吧台后面的小办公室走了出来："照他说的做。"

"我要是你，就听你女朋友的，'钉爪'。"

趴在地上的男人照做了。他不再动弹，脸朝下趴在水泥地上。枪手把霰弹枪从"钉爪"脖子上移开，注意力转移到了新出现的男人身上。弗雷迪·塔滕已是花甲之人，却结实得像重量级拳击手。枪手虽然久闻弗雷迪的大名，但此刻方觉名不虚传。他一直听说，人们总看见弗雷迪穿着粉色塔夫绸浴袍，上面用花体字绣着一个"T"。枪手以前不信，穿成那样的大老爷们能混在这山上，但现在他信了，因为今晚正是如此。弗雷迪打扮得和传说中一模一样，连翻领上的字母都分毫不差，甚至还画着浅蓝色的眼影和明艳的泡泡糖粉色口红。虽然老头子看起来疯得可以，但枪手还是知道，此人不容小觑。相传弗雷迪有一件首选的武器——铝合金棒球棍——据说他拿它对付别人的时候场面可不漂亮。弗雷迪站在吧台后面，双手正松松握着那根球棍。三英尺长的金属管似乎和它的主人一样，见证过许多岁月，从上面的坑洼和划痕来看，那些岁月都很艰难。

"久仰，久仰，"枪手说，"想必您就是大名鼎鼎的弗雷迪·塔滕。"

"正是在下。想必你就是熊溪这边的头号傻逼吧。"

虽然枪手头上罩着裤袜，压得鼻塌脸斜，但看得出他在笑。霰弹与棒球棍的对决，激发了他的信心。去他妈的江湖传说。他举起莫斯伯格枪，直指弗雷迪。塔滕握着球棍的手松开了一只，将花白的披肩长发掠到耳后："我要是你，就把枪放下，年轻人。"

"穿粉红浴袍的家伙，口气不小啊。我要是偏不放，还扣动扳机呢？你觉得那根球棍能挡得住铅弹？"

塔滕摇了摇头："不，我觉得挡不住。"他把球棍往吧台上一扔，球棍滚了下来，掉到地上，哐啷一声，并不算响。"如果你一心这么干，没人救得了我。但我敢说，要是你还打算活着离开，也只有扣动扳机这一个选择了。"枪手笑了起来，但听起来有些勉强和干巴。他不想再和老家伙废话了。他们是带着任务来的，得赶紧行动。他可不能如老头子所愿，把时间都浪费在扯淡上。枪手转过身去，高声吩咐手下："柯蒂斯，你和哈奇照我说的，把地上的人绑起来。乔乔，你站过去，盯着老仙女开保险箱。要是他不照办，就爆了他的头。"

"好嘞！遵命。"吧台尽头的乔乔用来复枪对准塔滕。领头的从口袋里掏出一大团黑色垃圾袋，抖开来，放在塔滕面前的吧台上，几个捆在地上的人吓得身子一缩。老人看起来更像是个失望的祖父，而不是被持枪抢劫的老变装皇后。他拿起垃圾袋，又摇了摇头。"真傻。"他轻声说，转过身去，对着后面的操作台。

"怎么样，老头子？这下你怎么说？"

"我说你傻，孩子。太傻了。我说，你知道吗，你刚把全部手下的名字说给这里所有人听了——哈奇、乔乔、柯蒂斯。真该死，孩子。你觉得等你们胡闹完了，我要抓你们很难吗？"

"就凭你，还有你那身粉袍子，就算知道了我们是谁，我们也他妈不在乎。"枪手听来嘴硬，但塔滕知道他已经有点儿发怵了。塔滕闻得到他的恐惧，听得出他的声音在隐隐颤抖。

"你不必在乎我的袍子，傻逼。你该担心的，是保险箱里钱的主人。你知道你在抢谁的钱吗？"

"牙仙女的？"

塔滕第三次摇了摇头，朝保险箱走去："说你的基佬笑话去吧，小子。你们觉得来这里打砸抢是一桩好买卖，但我可以打包票，你打错算盘了。"

"快点拿钱，贱人。"

这简直是在考验塔滕的脾气。再说下去，他就要忍不住了。但他还是控制住了自己，照对方说的做了。他挪开几瓶著名的瓦伦丁牌胡桃威士忌，又拿起一个8×10英寸的相框——密码锁保险箱就嵌在相框后面的墙里。他停顿了片刻，盯着相框里的照片。照片里是他和另外一个男人，都穿着军装，是四十多年前拍的。泛黄的照片看起来甚至都不像真的了，更像是某部二战影片里的道具，或是哪家乡下餐厅挂在墙上的怀旧装饰品。

"动作快点，混蛋。"枪手用霰弹枪的枪管敲着吧台。塔滕小心地把照片放在一排塑料酒瓶前，开始转动密码锁。

"你知道吗，"他边转边说，"我倒宁愿你是个傻子。我可不想到头来发现你其实很聪明，有工作、家庭——或许还有孩子——有人在家，等着你养活。"

"闭嘴，开你的锁。"

"要真是那样，就太不幸了。但如果死的是个傻子，大家反倒还好受点。"

"你他妈赶紧开锁。"

"哦，还有那几个，是叫乔乔、哈奇和柯蒂斯对吧？天呐，我真希望他们也都是傻子，"塔滕扭头看了一眼，"嗯，既然跟你进来，准是傻子。"三个人都盯着他，他冲他们咧嘴一笑。

"放松，兄弟们，别听他胡扯，他想乱我们的阵脚。我跟你们说过，人人都知道这地方没什么花头了。乔乔是对的，林子里没有大灰狼了。只剩下这个老贱人，大把大把地赚其他贱人的票子。"他转向塔滕："少给我演。我们都知道这座山上没人在乎你是死是活。赶紧闭上你的嘴，打开保险箱，把袋子装满。我不会再跟你废话了。"枪手用枪管把吧台上的垃圾袋往塔滕面前一推，左右打量着："我连站在这儿都觉得恶心。这地方一股废水处理厂的味道。真不知道你们这些死基佬怎么受得了。"

塔滕没再说话。他也厌倦了打嘴仗。他边开锁，边盯着台面上的照片。和他合影的，是他的哥哥雅各布。拍完照三天之后，朝鲜兵一枪打在了他的脸上。这是整个酒吧他唯一在乎的东西，而且他也听烦了那个满口"死基佬"的混蛋对他评头论足——无礼至极。塔滕双眼不离照片，转动着密码锁——左、右、左。枪手压根没留意照片，但却注意到了老人疙疙瘩瘩的指关节，上面疤痕累累。枪手想着，不知道这个老杂种这辈子到底经历了什么，才会落下这么多疤。想必他曾经是个斗士，但早已是老黄历了。如今，他只不过是个涂着口红、画着眼影的老头子。枪手又敲了敲吧台。

"再给你五秒钟，老家伙。"

咔嗒一声，保险箱开了，屋里的人都松了口气。塔滕拉开钢门，慢慢把手伸进去，免得有人过度激动。

"行了，准备撤。赶紧装袋。"

"大麻也要？"

"好嘞！大麻也要。"吧台那头的乔乔喊了起来，好像问的是他一样。

塔滕往垃圾袋里塞着拳头大小成卷的钞票，还塞了两个密封袋，装着土黄色的私造毒品。一看到钱，拿着霰弹枪的男人就开始躁动起来，他们已经花了太多时间。他扭头看了一圈屋里的情况，发现手下几乎把所有人的手都绑上了，让他们肚皮朝下趴在地上，并没有遇到什么反抗。只有柯蒂斯还在跟刚才那个不愿老实趴着的光头较劲。

"搞什么飞机，柯蒂斯？赶紧把那个混蛋绑上。"

"我在绑啊，克莱德，该死，你看看这家伙的手。"柯蒂斯拎起"钉爪"的左胳膊。这人的手是寻常人手的两倍大，而且肿成了椭圆形。粗短的手指长度不足一个指节，长长的指甲又黄又厚，卷曲下来，包住了指尖。这人的手看起来就像是吹鼓了的橡胶手套系在手腕上——还带着爪子。

"看个屁！"克莱德说，"绑上就得了，我的老天。"

柯蒂斯吃力地摆弄着细细的塑料带："我他妈绑不住啊。"

"别折腾了，反正完事了。开枪干掉他。"

柯蒂斯放开"钉爪"的胳膊，起身从腰间抽出一把小口径手枪。"得了吧，"克莱德说，"你那玩具枪打不死人。让开，我来。"

"枪下留人，"塔滕把装着钞票和毒品的袋子扔在吧台上，"拿上你们要的东西开路吧——克莱德。都拿走，放过那个人。他不会给你们惹麻烦的，我保证。"

克莱德脑袋一歪，盯着塔滕："哎哟，口气怎么突然变了，塔滕？这个白痴让你心软了？"

塔滕把钱袋子又往克莱德面前推了推。"不会吧，"克莱德笑了，"这个脑袋进水的畜生是你男朋友？"

"不，"塔滕说，"你误会了。'钉爪'不喜欢男人。我只不过想自己查清楚你们的底细，在你们被他干掉之前。"

"他——干掉我们？"克莱德笑得更厉害了，这回是真笑。他转身背对着吧台，用霰弹枪对准"钉爪"，但已经太迟了。"钉爪"挥起柯蒂斯绑不住的变形拳头，顺着地板像链球一样扫了过来。他一拳正中克莱德和柯蒂斯的脚脖子，胳膊一抡，两个人的腿都飞了起来。他们仰面朝天摔在地上，克莱德的猎枪打着转朝大门飞去。说时迟那时快，"钉爪"用他正常的那只手抓起铝合金球棍——原来塔滕刚才是故意弄掉给他的——用尽全力，朝克莱德的左腿胫骨砸了下去。一记脆响伴随着骨头断裂的咔嚓声在屋里回荡。

"该——死。"塔滕拖长了声调说。克莱德尖叫起来，分贝之高，几乎超过了人耳的极限，引得外面林子里有只狗也叫了起来。"钉爪"抓住克莱德连着断腿的那只脚，顺着积满灰的地板，把他拖到自己身边。克莱德昏了过去。

"钉爪"看着这个断腿瘦男人，一双古怪的大眼里毫无怜悯："不好意思，弗雷迪，我得杀了他。我不是白痴。他叫我白痴——叫了两次。"

"我听见他叫了，'钉爪'。该杀就杀，但至少给我留两个活口。"

"举起手来！"柯蒂斯大叫道。他摔倒时弄掉了点 22 口径手枪，但又连滚带爬跑到门口，捡来了克莱德的霰弹枪。他用长枪瞄准了"钉爪"。"现在谁才是倒霉蛋？"说完，他照着克莱德的样子，拉了一下莫斯伯格枪栓。克莱德上了膛的那发子弹从枪的侧面冲了出来，落在水泥地上，转得飞快。屋里每个人都盯着这个小小的红色"纸风车"——像是被它催眠了。

过了好一阵子，柯蒂斯才扣动扳机，但只发出一声空响。"钉爪"和塔滕满脸困惑，随后塔滕大笑起来，笑得太厉害，直咳嗽。原本一直呆若木鸡的乔乔和哈奇，此时突然往门口冲去。柯蒂斯把没用的长枪扔向"钉爪"——被"钉爪"接住了——又倒着爬向坏掉的大门，撇下在地板上昏迷不醒的克莱德。

"钉爪"端着枪坐了起来，还在纳闷："我没看错吧？"

"没有。"塔滕从吧台后面绕出来，开始用水果刀给朋友们松绑。柯蒂斯好不容易站了起来，匆忙逃向等在外面的雪佛兰埃尔卡米诺汽车。乔乔已经上了驾驶座，发动好汽车等着。柯蒂斯跃过后挡板，翻进亮黑色大排量车的车斗里，哈奇跳上了副驾驶座。

"开车！"柯蒂斯叫道，"快开车！"

"克莱德怎么办？"

"别管克莱德了，乔乔。赶紧开车！"

乔乔猛地一踩油门，汽车发出了轰鸣。苏醒的皮卡轿车扬起尘暴，准备逃离这场半途而废的抢劫。可刚沿着小道开了不足二十英尺，发动机就开始空转，车屁股一翘，把柯蒂斯砸在后挡风玻璃上。汽车在土路上又颠簸了几英尺，发动机噼啪作响，熄了火。

"这他妈怎么回事，乔乔？"

乔乔一拧车钥匙，但只听见低低的电流声。"引擎溢油了，"他说。"溢油？"哈奇吼了起来，"怎么会溢油？不是都开起来了吗！再试试。"

乔乔又拧了一把钥匙，但只有咔嗒一声，不比外面的蛐蛐叫响多少。

"我们叫你加油，你加了没有？"哈奇说着，回头从后窗往外看——酒吧前门挤满了人。

乔乔愤愤道："当然加了。来之前刚加过。油箱是满的，老兄。"

柯蒂斯一拳打在车顶上，从后车窗朝车里喊着。

"该死，乔乔，你是不是又加了柴油！"

乔乔看起来又委屈又害臊："我才没有呢，老兄。我用了绿色手柄。你说过要用绿色手柄。"

柯蒂斯两只拳头都砸在了车顶上："不，不对，你这个白痴！我说的是不要用绿色手柄。我说——"

柯蒂斯想说什么都不重要了。他的左脸和一大半肩膀被打成了细细的粉色血雾，涂满了后车窗。哈奇正从后窗往外看，立刻一口吐在了窗户内侧。

"钉爪"站在"降落伞"酒吧的门廊上，满身都是克莱德的鲜血，胳膊肘里架着克莱德的霰弹枪。这一次，没人注意飞进灌木丛里的红色弹壳。

"别再打了，'钉爪'。得给我留儿个活口。"

"钉爪"把霰弹枪扔进了灌木丛里："也打不了了，这枪。他们只给我留了一发子弹。"

清冷的夜风里，塔滕裹紧浴袍，系紧了毛绒绒的腰带。他把乔乔落荒而逃时丢在俱乐部里的来复枪扛在肩上，朝车子走去："车牌是博恩维尔的。"

"钉爪"手搭凉棚，眯起眼睛："是的。"

"博恩维尔是什么鬼地方？"

"管它呢，""钉爪"在蓝色牛仔裤上蹭了蹭手，"要我给'疤瘌迈克'打电话吗？"

"不用了，二半夜的。我们先替他收集点线索吧。你去追那个，"他用来复枪指着哈奇——他已经跳下趴窝的汽车，跑进了林子，"我老了，跑不动了。我去和司机聊聊天吧。"

"钉爪"去追哈奇了。

塔滕往驾驶室车门走去。乔乔还坐在那里，两手紧握方向盘，嘴里念念有词。他还在想着，自己到底用没用绿色的手柄。

2

佐治亚州，维莫尔山谷小镇

克莱顿·伯勒斯听完第二遍"疤瘌迈克"的留言，把手机塞回了口袋。他在波拉德街角加油站便利店最后一排货架前站得太久，已经忘了要买什么。有时他吃了扑热息痛就会这样，脑子一片空白。他把双手深深地插进裤袋，拨拉着手机和钱包，等脑子清醒过来，顺便漫无目的地打量着周围一排排积灰的铝合金货架。在这个偏僻小店常被遗忘的食品区里，公爵牌美乃滋酱、维也纳香肠易拉罐头和丁蒂·摩尔牌肉罐头排列成行，摆得整整齐齐。克莱顿怀疑，是不是好多年没人买过这些东西了，也没补过货。不会再有人出高价买波拉德老爷子过时的醋腌鸡蛋或罐身坑坑洼洼的婴儿奶粉了，毕竟几英里外就有一家 IGA 超市。

等等……婴儿奶粉。总算想起点什么了。

克莱顿的目光落在一摞浅蓝色便携装婴儿湿巾上，脑子终于清醒过来。

尿不湿——对。他条子上记的就是这个。但牌子是好奇，还是帮宝适？

他怎么都想不起来。他很肯定凯特喜欢好奇牌。他认得那个红色的塑料袋，他去婴儿卧室时见过这个包装，但他还是吃不准。药物让他健忘。所以他写了个条子，但现在条子也找不到了。

老天爷啊，克莱顿，如果你想拿买尿不湿当借口，早点从家里出来，至少该记住牌子。

他又掏了一遍口袋，掏出来的还是一样的钱包和手机，已经清点三遍了。"真是活见鬼。"他嘟囔着，又走回婴儿用品区，气呼呼地弯腰抓起那个红色塑料包，像夹橄榄球似的紧紧夹在腋下，决定再也不多花一秒为它焦虑。反正有五成胜算猜对。也许他会走一次运。

　　是啊，想想我最近走的这串狗屎运，他想着，可能回家一看，孩子都不用包尿不湿了。

　　凯特可能用了他一盒旧的警长 T 恤当尿布。倒也合情合理。毕竟他自己就是个"屎运专家"。他几乎被自己的过度消极逗笑了，但刚想直起身子，一阵闪电般的剧痛就传遍了左半身，从腋下到膝盖。每次只要他得意忘形，或是药物让他忘了自己受过伤，剧痛就会将他打回现实。伤痛总在那里——永不消失——从不允许他忘记。今天疼得尤其厉害。这是对他昨晚给凯特脸色看的惩罚。她想谈谈，可他不想。他还没准备好和她对话。也许永远也不会准备好。他记得以前自己的沉默并不是对她情感的人身伤害，而是一种强大、寡言的迷人气质，她曾经很喜欢。他撇着嘴，又像是要笑出来。他知道那纯属扯淡，但最近他变得特别擅长给自己的扯淡找理由。他又试着想站起来，但腿部又爆发出一阵闪电般的剧痛。他的似笑非笑顿时化作了一脸苦相。他也许能为自己的扯淡开脱，但骨头缝里烧着的火可没办法解脱。他合上双眼，稳住自己，慢慢直起了身子。通常药物能帮他熬过早上的疼痛高峰期，但他料想，就算吃下二十毫克奥施康定镇痛片也无法抵消因果报应。他脑中浮现出昨晚妻子的身影，坐在他们家门口的秋千上，前后荡着。

　　"你该庆幸自己还活着，"她说，"要是你死在了林子里，我们怎么办？"她总是说这样的废话——但她就是不明白。每次你只要一步没走对，或是坐下得太快，又或是干了弯腰拿该死的尿布这样的蠢事，就会觉得骨头刮着骨头、互相划拉，实在他妈的很难觉得庆幸。他脑中又浮现出凯特的身影，此刻正坐在同一个秋千上，拿着缝衣针，一遍遍扎向留着红胡子、胸口别着银色星章的小巫毒娃娃。他摇了摇头。

　　老天爷啊，克莱顿。那个女人是你最好的朋友。你有毛病吧？

他今天早上真是疯得可以。

克莱顿往收银台走去。波拉德老爷子守在他的高脚凳上，面前放着老掉牙的按钮式收音机。台面上堆满了纸板货架和旋转货架，装着鱼饵和打火机。给大家供应啤酒、鱼饵和玉米果小吃的老人家趴在柜台上，脖子伸得老长，眼睛越过金丝镜框上缘打量着商店最里头冷饮机旁边的几个孩子。克莱顿顺着老头的眼神一望，看见了那群孩子。他只认识其中一个。那孩子名叫雷吉·科尔。他本来是个好孩子，可是被混蛋老爸带大，就毁了。克莱顿对此感同身受。这帮孩子从头到脚穿着迷彩猎装，镶着橘色的边。这年头，孩子们更愿意从王牌五金商店买装备打扮自己，而不是真的去追猎物。他怀疑他们当中甚至没人打得好枪。

"小阿飞。"他咕哝了一句。他们在偷啤酒。他立刻想起20多年前，他哥哥哈尔福德也干过同样的事情，也被坐在同一个柜台后面的同一个老头抓住了。爸爸也为此抽了他的屁股——不是因为偷东西，而是因为被抓住。哈尔福德挨打的时候，一滴眼泪也没掉。克莱顿在另外一个房间里听着，替他哭了一场。他记得那晚后来哥哥到他卧室里，跟他说别让任何人看见他哭。他说这会让他显得软弱。他说他挨打是应该的，要是他俩掉了个个儿，他绝对不会缩在床上替他哭鼻子。克莱顿当时不信，但现在信了。他走出回忆，把尿不湿扔到柜台上，抓起几根瘦吉姆香肠棒和一份《麦克弗斯县新闻时报》，把东西都推到老人家面前。

"该死的，克莱顿。早。"

"早，汤姆。"

老头推了推眼镜："该死，我知道那几个孩子躲在里面偷我的东西。"

克莱顿懒得再回头看他们了。波拉德把克莱顿的东西拉到面前，举起尿不湿仔细端详，像是从来没在自己店里见过这样的东西。其它每件东西，他也都依样看了一遍。

"几个月前我装了一个那种搞笑的大防盗镜，可该死，我从镜子里还是啥也看不见。真不知道那玩意有什么鬼用。"

"要是你只隔二十英尺都看不到镜子里的东西，汤姆，你肯定是早就瞎了，跟那帮熊孩子没关系。"

波拉德的眼睛翻过镜框瞪了克莱顿一眼，嘟囔一声，开始用一根手指敲着老掉牙的收银机键盘算账。克莱顿一边等，一边转身打量着后面角落里挂着的圆形鱼眼镜子。很明显，这帮孩子以前就这么干过，但次数不多，还不够老到。他们动作太慢了。孩子们四散站着，正对着镜子，挡住了啤酒冰柜。这帮孩子里最小的那个——雷吉——从镜子的视线盲区冒了出来。他们花了一两分钟为小不点儿打掩护，他趁机将几打啤酒拖到了门外。他们最后会留下一个人，买瓶可乐之类，其他人鱼贯而出。这一步是关键。这样一来，哪怕有人问他们来商店干吗，他们也有合法的理由了。他们算是得手了，但时机不凑巧，要是平常，他们可有苦头吃了。但今天早上克莱顿腿疼得太厉害，而且他挺喜欢雷吉这个小不点的——见鬼，哪怕只是看在他在店里他们还敢动手的分儿上。克莱顿没有声张，转身对波拉德说：

"一共多少钱，汤姆？"

"你能不能看看他们在里头干吗，克莱顿？"

"我啥也看不见。"

老头冲着克莱顿身后喊道："你们要么买东西，要么赶紧走！别以为我看不见你们这帮小兔崽子在干吗。"

有几个孩子笑了起来。

"该死，克莱顿，我这里有把点 22 手枪，而且我还没老到教训不了这帮小混蛋的地步。"

"他们只是孩子，汤姆。别动枪。"

"只是孩子？得了吧。是孩子就该去上学，而不是在我店里瞎转悠。"

"说得也是，汤姆。"

"这些东西算我送你的，只要你进去逮住一个。不管哪一个。"

"逮什么？哪一个？"

"该死，克莱顿，我讲真的。"

"少来，汤姆。赶紧的，我该给你多少钱？"

"你买这么点东西就够啦？"

克莱顿今天本不想自找麻烦，但他不假思索，脱口答道：

"再来两瓶伊万·威廉姆斯波本威士忌，一包骆驼特醇香烟吧。"

各位女士、各位先生，就这么一眨眼的工夫，魔鬼就跳上了你的肩头，叫你下午自甘堕落。

老头又咧嘴一笑，仿佛自打克莱顿进门，才刚刚认出他来："哈哈，好嘞。"

老爷子从收银台下面掏出矮胖的棕色酒瓶，克莱顿转着打火机货架，看各种印花设计。打火机都没有牌子，外形类似 Zippo。有些设计还挺有南方文化代表性的，用红、白、蓝色印着"加油干"、"南方将再次崛起"之类的字样。还有一个写着"正门吃酒，后门吃鸡"——真是够幽默啊。克莱顿不禁想，什么样的家伙才会靠写这种垃圾赚钱，他真想揍那人嘴巴一拳。还有几个打火机印着鱼、拖拉机和南方邦联旗，很显然，这就是克莱顿家乡的全部精神之所在——鱼、拖拉机和南方邦联旗。他一阵恼火，真不知道怎么会有人看了这东西不生气。

全世界都觉得，我们就是《鸭子王朝》真人秀。

其实呢，他们只不过是一帮常春藤毕业的娘娘腔，已经很有钱了，却还要靠看南方的笑话来大发横财。让他们独自上山呆十分钟，保准个个吓尿他们的安德玛运动裤。

他咬着嘴唇，又回头偷看了一眼那些孩子，不再转打火机架了。他从货架的塑料夹子上抽出一个打火机，纯银色——没有图案，没有荒谬的俗语，也没有偏执的成见。他顺着台面把它推到波本威士忌酒瓶旁边："这个我也要了。"

"好嘞。"波拉德重复道。他把打火机两面端详了一遍，扔进了袋子。"一共 26 块。"可收银机显示 38.32。

克莱顿递过去两张 20 美元："不用找了，汤姆。"

波拉德接过钞票，又端详了一番——正反两面。克莱顿朝门外走去，两人没道再见。他钻进野马汽车，发动引擎，从纸袋里摸出一瓶威士忌，拧开灌了一大口，驱赶早上的寒意。他把暖气出风口调到对着脸吹，看着雷吉·科尔带着几打美乐好生活啤酒从店里窜出来。别的孩子跟着出来了，大家都乐不可支。克莱顿微微一笑，又想起了哥哥。至少雷吉今晚不会因为被抓住而挨揍了。克莱顿又抿了一口酒，任凭威士忌灼烧着舌头两侧，徐徐咽下。他想念两个哥哥，威士忌只会让他对他们离世的歉疚更深。他差点想掏出手机打给"疤瘌迈克"，改个见面地点。迈克发短信让他去"焦胡桃"池塘碰头。通常，克莱顿会尽力避开那个墓地。他还没缓过来。但或许是时候了。也许，他早该去看看家人。

3

"焦胡桃"池塘

先到池塘的是克莱顿。他在开车过来的路上已经喝掉了半瓶波本威士忌，眼下正站在高高蔓生的锯齿草里，草把池塘与林子之间空地上的三块墓碑遮掉了一半。克莱顿明白哈尔福德和巴克利为什么想葬在这里。这个地方对他们有特别的意义。小时候他们三个整座山上来得最多的地方就是这里。但克莱顿始终没搞清楚，为什么哈尔福德决定将父亲也葬在这里。克莱顿记得，有一次巴克利想放把火把马蜂从巢里赶出来，那把火却变成了森林大火，最后是父亲把火扑灭的。那场大火烧掉了林子边上的一片硬木——那片树丛已经石化了，这个地方的名字就是这么来的。但除了那次之外，他父亲甚至从未踏足过这片湿地。加雷思不在池塘里钓鱼。他讨厌被关在平底小船里。他喜欢去开阔的熊溪钓鳟鱼，站在齐大腿深湍急的水流里。

　　哈尔福德把父亲葬在这里，而不是像其他伯勒斯家族的前辈一样葬在库珀牧场，这一直让克莱顿觉得有些蹊跷。不过，大哥做的多数事情起因如何，克莱顿早就不去想了——如今更是无关紧要。哈尔福德已经死了，死在克莱顿的手里。这就是人生，他们对此别无选择。至少克莱顿每晚靠药物入睡之前，是这么努力说服自己的。

　　克莱顿打开第二瓶威士忌，往哥哥的粗粒花岗岩墓碑上洒了一些，看着酒液顺着刻字流下来，渗进石头里。还没等他开口对着关在坟墓里的鬼魂说话，一阵改装 V8 发动机的轰鸣便由远及近，夺走了他的注意力——和他本来想说的话。他又灌了一口威士忌，把酒瓶揣进卡哈特夹克的口袋里。"疤癫迈克"开着吵死人的破车绕过空地，在池塘边停了下来。他嘴上刚长毛的时候就开着这辆卡车，如今车子侧踏板上的铁锈比油漆还多。大家之所以给迈克·卡明斯起了"疤瘌迈克"这么个吓人的名字，是因为他小时候出过严重的水痘，落下了满脸的疤。他们还是孩子的时候，克莱顿曾经为他惋惜过。不了解他的人们连看都不敢看他，总是可怜他、躲着他。克莱顿觉得这是那些人的损失，因为真正了解他的人几乎不会留意那些疤痕。

好人就是好人。虽然多年来迈克一直是哈尔福德的左膀右臂，但他就是那样的人——一个好人。

迈克脸上60％都是水痘疤痕，像一层皮革。今天这些粉红色的疤痕肿得发亮，跟荨麻疹一样。从远处看来，他的脸仿佛薄薄地蒙上了一层嚼过的口香糖。只有在暑热和紧张时，他的疤痕才会变成这副样子，但现在并不热，所以克莱顿有些担忧。迈克跳下卡车，跟往常一样摘下了帽子。他从没有疤痕的那侧嘴角挤出了一丝笑容，并不是打开啤酒谈论亚特兰大勇士队今年打得多烂时那种温暖的微笑。克莱顿知道，这种笑是某种坏消息的前兆。他在想，这座山上还有没有人会因为发自内心的快乐而微笑。他已经不记得自己上次真心微笑是什么时候了。

卡车副驾驶座上跳下另一个人，冲克莱顿抬了抬破旧牛仔帽的帽檐。他不确定这是谁，但看起来眼熟。这人高高的个子，身材匀称，轮廓分明，胡子刮得干干净净，模样很帅。男人不留胡子，或是只隔几天就刮一次胡子，这在本地并不常见，所以这人显得很奇怪。克莱顿不太信任刮干净胡子的脸。他觉得这人像个傻子。他点头回礼，看着两人走过来。

"克莱顿，这是马克——马克·图利。他是我的人。"这意味着他们接下来当着他的面说什么都行。他对着克莱顿伸出手去，整条胳膊上满是具有异域风情的黑灰色刺青。某种半遮半掩的海洋生物，从他洁白、合身的 T 恤下伸出了黑白的触须。这同样说明他不是本地人。

"咱俩认识吗？"克莱顿跟他握了握手。他注意到那人的指关节起了皮，有擦伤。

"很早以前见过，我不敢说咱们是朋友，但的确见过。"

克莱顿端详着马克的脸，马克直视着他的眼睛。

"见鬼，克莱顿，"迈克说，"我都说了他是我的人，你俩还互瞪什么？"

克莱顿松开马克的手："卡车里还有谁？"

"什么？"迈克和马克都往身后看去。一个小伙子正在卡车驾驶室里坐立不安。这家伙发现大家都看着他，就挥了挥手。克莱顿觉得他还是个孩子。迈克摇了摇头，抓抓后颈："那是 T - 莱德，我姐姐的儿子。我让他留在车里。他还应付不来这种事。"

"好吧，"克莱顿说，"这种事。干吗不告诉我这种事是什么，迈克？"

迈克把垂到脸上的油腻棕发往后一捋，戴上同样油腻的棒球帽压紧。他看了看克莱顿——接着是马克——似乎不确定该如何开始。他做了个深呼吸，看着自己的卡车，随后朝它走了过去。整个车斗都被帆布盖着，他在后挡板一角停下，解开固定一边帆布的单套结，又绕到另一角，解开另一边。再次深呼吸之后，他一把掀开帆布，走到卡车侧面。"过来看看这个。"他示意克莱顿和马克到后挡板这边来。

"我们在小学见过？"他俩走过去的时候，克莱顿问道。"对，"马克说，"六年级。萨默尔太太那个班。"

克莱顿停下了脚步："等等——你当时是凯特的男朋友。"

马克笑了："当时我才 12 岁，老兄。那个姑娘快把我吓死了。"

"嗯，这我完全理解。"克莱顿说着，两人又继续朝卡车走去。

马克还在说话，但克莱顿这时已经看见了迈克掀开的车斗里装着什么，顿时谈兴全无。那是个男孩，年纪大约在 18 到 20 岁之间，躺在薄薄一层乱七八糟的松针上，身边都是褪色的空啤酒罐子。他长着一蓬浓密的深棕色头发，脸颊胖嘟嘟的，双眼下面和受伤的鼻梁上都有新添的淤青，已经开始发黑了。他被捆着，可还在动，克莱顿顿时松了口气——他看见的不是男孩的尸体。趴着的"俘虏"抬起头来，不安地瞪大了双眼，眼神里满是恐惧和困惑。最后，他把注意力集中到了克莱顿身上，狂乱的神色才平静了一些。他嘴上贴着强力胶布，手脚也缠着胶布，脚光着，很脏。克莱顿觉得应该是迈克脱掉了这孩子的鞋，防止他逃跑，因为光脚跑起来更困难。他恨自己为什么会知道这些事情。男孩的左眼眼白通红，显然被狠狠揍过，爆了一根血管，而且还在继续肿胀，肯定刚挨了打不久。他想起刚才看到的新朋友马克的指关节。头上看不到的伤口流出的一缕鲜血已经干了，黏住了男孩的头发，而且他左脸上都是趴在松针和车斗的棱状金属底板上硌出来的道道。克莱顿扭头看了一眼迈克和马克，又转回来看着孩子。出于本能，他飞快地扫视了一下池塘和四周，确保没有其他人看见这一切，尽管他知道不会有其他人。没人敢离伯勒斯家族的墓地这么近，迈克很清楚，所以才选在这里见面。克莱顿从卡车旁往后退去，迈克和马克也随他退后。他深吸一口气，定了定神，又缓缓吐出，这才开口说话。他尽可能控制着情绪，清晰、克制地说道：

"他是谁？为什么一定要带他来这儿见我？"

"见鬼，他是瓦伊纳家的人！" T-莱德从卡车推拉后窗里喊道。

"闭嘴，"迈克说，"把该死的窗户也关上，否则我踢你屁股。"

T-莱德关上了窗户，看着外面。克莱顿正不耐烦地等人开口说话。

迈克冲马克一扬下巴："说吧，马克。告诉他。"

马克看着挨了打的男孩在车斗里用力撞来撞去，从银色胶带下发出咕哝声。"他叫约瑟夫·瓦伊纳。别人都叫他乔乔。他是特怀拉·瓦伊纳的孙子。"

"这些名字跟我有什么关系?"克莱顿显得毫无兴趣。

"没什么关系。他们是东佐治亚那边的一个小帮派,应该不会引起麦克弗斯郡的注意。帮派的老太君倒不用担心,几年前丈夫去世后,她就成了傀儡。但她的儿子——这个小混蛋的爸爸——人称库特,是个十足的恶棍。整个帮派都来自博恩维尔。"

"博恩维尔是什么鬼地方?"

"说得好。"

克莱顿已经开始厌倦这种故弄玄虚的回答了:"迈克,你和你的朋友必须告诉我到底怎么回事。"

"博恩维尔是卡罗来纳州最东边附近一个不起眼的小镇。"

克莱顿依旧面无表情:"我再问最后一次,这些屁事跟我有什么关系?"

"这个嘛,"马克继续说道,"这个熊孩子伙同其他几个人,搞砸了普劳蒂山沟那边的一起抢劫。你知道那个地方吗?有个俱乐部,叫'降落伞'——"他收住话头,看了看迈克,不确定该不该讲下去。

"没事,马克。说吧。"

"好吧,叫'降落伞'。是一个名叫弗雷迪·塔滕的大个子开的。你爸以前用那个俱乐部的老房子做干燥室,直到——"

克莱顿从外套里掏出那一小瓶威士忌。"我知道那儿,马克。我就是本地人。"他抿了一口酒,揣回外套,"我还是不知道你为什么要关心这种事情,迈克。怎么会有人想去老塔滕那里打劫?他保险箱里向来最多只有几百块钱。他们指望能找到什么?"

马克想回答,但迈克截住了他的话头:"这不是重点,克莱顿。我觉得你没看清大局。"

"是吗？那你干吗不启发我一下，迈克？我一直问重点是什么，可一直在听废话。"

迈克走到克莱顿面前，对于甚至还要自己去解释显得很沮丧："重点难道不是他们抢的那个俱乐部吗？它多年来私下里一直是伯勒斯家族的摇钱树。这你是知道的，每个人都知道。正因为如此，那个地方碰不得。自从联邦调查局过来关了几乎所有别的生意之后，山上所有人就都指望着俱乐部赚钱养活了。"

"你都说了那个地方归塔滕管，既然如此，你我干吗还要在乎打劫酒吧的嗑药傻小子？"

马克站到了两人中间："因为，伯勒斯先生，如果我们住在一个连'嗑药傻小子'都镇不住的地方，那么，你、你的妻子——还有最重要的——你的儿子，就都有危险了。实际上这座山上所有人都危险了。"

克莱顿沉默片刻，盯着这个胡子刮得干干净净的男人。他看起来不再像个傻子了，而是真的很担心。他看了看迈克，迈克点头表示同意。哈尔福德走了以后，现在山上由迈克掌管。所以见他这么挺马克，还挺奇怪的。

"你相信我家人有危险吗，迈克？"

"我相信如果对昨晚发生的事情坐视不管，你家人会有危险。"

克莱顿点了支烟。"其他人在哪里？"他说着，往他们身后迈克卡车的后挡板走去。

"什么其他人？"

"那几个熊孩子。你说他们有一帮人。"

"他们碰到'钉爪'麦肯纳了。"

克莱顿呛了一大口烟。"不会吧。"他好久没听过麦肯纳这个名字了。地球人都知道，不用多解释了，于是他低头看着乔乔："给他松绑，送他回家。"

"克莱顿，我觉得这主意不妥。"

"他是个孩子，迈克。他只是个傻孩子，做了件蠢事，害朋友都送了命。他已经得到教训了，"他还盯着乔乔，"对吧，小子？"

孩子从胶带下面发出一阵咕哝声。

"这个孩子对你的生命有威胁，老兄。塔滕一让他说话，他就停不下来，一直在讲北佐治亚伯勒斯家族的时代已经终结了，这里迟早都是他和他老爸的天下。他还说……等等，你猜怎么着？干吗不让他自己跟你说？"迈克举手装作投降。"来吧，马克，"他说，"动手吧。"

"开什么玩笑。"

"这位老兄说了给他松绑，那就松吧。先从嘴巴开始。"

马克没再争辩。他从系在皮带上的刀鞘里拔出一把直刀，从后挡板外把上半身探进了车斗。孩子一见巨大的刀片，吓得往后一缩，又在封口胶布后面嘟囔了几句。但马克伸手抓住孩子的头发，顺着车斗把他的脑袋一把拖过来摁住。

"我只想从你身上把胶带削下来，但你要是还像娘儿们一样扭来扭去，我可能会削下点别的，比如鼻子、耳朵什么的。听明白了吗，乔乔？"

男孩从封口布下面闷声答应着，保持不动。马克划开灰色黏性胶带，不太温柔地一把扯了下来，胶带上还粘着一点皮肤和几团脏头发。男孩想说话，但虽然没了胶布，他还是憋闷着发不出声音。

"张嘴，"马克说，"我发誓，臭小子，要是你敢咬我的手指，不管这位老兄说什么，我都会就地像杀猪一样开你的膛。"他又冲孩子亮了亮刀。乔乔一动不动，像铜头蛇似的静静躺着。他尽力张大嘴巴，马克用两根手指从里面慢慢拉出一根四英尺左右、沾满口水的粉红色布条。马克这么做感觉有点奇怪，像是自己在表演魔术，最后终于把弗雷迪·塔滕的浴袍带扔到了石子路上。乔乔猛咳几下，舔了舔干透的牙齿，大家都看着他。缓过来以后，他开口了：

"我老爸会把你们统统干掉。"

"你老爸只会嗑药，谁也干不掉。"

"去你妈的，死基佬。"

克莱顿把手放在马克肩上，把他推到一边。孩子带着一股小年轻的张狂瞪着他，劲头里更多的是肾上腺素和好奇，而非恐惧。

"你才说了三句话，我就已经讨厌你了。但你陷在坑里了，孩子，我想帮你出来。"

"你想帮我，红毛？那就让这个丑杂种和他男朋友给我松绑，趁着库特还没带援兵过来，赶紧回家锁门吧。"

"没有援兵会来救你，孩子。你只能靠我。"

男孩眯起眼睛，使劲盯着克莱顿的脸看。红头发，花白胡子。棕黄色的衬衫和帽子。克莱顿看见男孩脸上浮现出恍然大悟的样子。

"我靠，你是他——开枪打死自己哥哥的那个警长。"

"说话当心点，小子。"

"老兄，我实话实说罢了。我听说那件事让你变成了瘸腿酒鬼。"

克莱顿退后一步，放下了后挡板。

"你底下也软了？真可惜啊。听说你老婆可漂亮了。"

克莱顿脑袋微微一偏，迈克把手放在了他的肩上。克莱顿抖开迈克的手，在生锈的后挡板上摁灭烟头："这是你最后的机会了，乔乔。闭嘴乖乖听话，否则你会失去这里最后一个朋友。"

"朋友？我们不是朋友。但你的漂亮老婆嘛，我倒是可以和她交个朋友——真正的好朋友。告诉你，不是我跟你们三个死基佬吹牛，只要你们放了我，她一碰我的小弟弟就能爽上天。"

迈克一拳打在乔乔下巴上，挥拳太快，马克都没看清。但克莱顿把他往后一推。"不，"他吼道，退了几步，脱下外套，"把狗东西弄出车子带过来。"克莱顿走进池塘边湿软的泥地。迈克和马克架着乔乔，把他拖出卡车。男孩肩膀着地砰的一声摔下来，但他居然放声大笑。"来吧，"他说，"想揍我就放马过来，我招架得住。但你们昨晚为什么不杀我，你们跟我一样清楚，也正是因为同样的原因，你们现在也干不掉我。"

"带他过来。"

马克和迈克把乔乔拖到水边，脸朝上放平。他的脑袋刚好能碰到池水，绿玻璃一样的水面上泛起了涟漪。克莱顿不顾腿疼，在乔乔身边蹲下："为什么，小子？你知道自己为什么还活着吗？"

乔乔咧嘴一笑，像条鲨鱼，一口黄牙上糊着血丝："因为你知道我说的是真的。你知道我老爸会让这里变成人间地狱。你知道自己本事都用完了，阻挡不了我们。你家里那个甜妞，刚好给我们打头炮。"

克莱顿冲男孩微微一笑，一把抓住他的肩膀和腰带，把他翻了过去，脸朝下摁在池塘里。克莱顿起身看着乔乔想从 34 英寸深的水里把脸抬起来，可他双手捆在身后，双脚也被胶带缠在一起，越挣扎就往淤泥里陷得越深。水中传来一阵咕噜噜的声音，克莱顿把手放在耳边："你说什么，乔乔？我听不见。你不是很能扯吗？"克莱顿在裤腿上蹭了蹭手上的泥，乔乔扑腾着，像刚钓上来的鱼。迈克和马克朝水边走了几步，但克莱顿手一伸，两人便不再往前了。克莱顿捡起扔在地上的外套，掏出里面的威士忌喝干，把空瓶子抛进身后的水中。等他穿上夹克，乔乔脑袋周围已经泛起了密密一层气泡，身子也在沙地上抽搐起来。

克莱顿拿出外套口袋里的香烟，又点上一支，深吸了一口，背对迈克和马克站着。

"给他松绑，送他回家。我再说最后一次。"他跛着脚往野马汽车走去，累得再也掩饰不住腿瘸。"把他扔到他奶奶家的门廊上。让库特和那帮人看看，要是他们也想重蹈这个白痴的覆辙，会是什么下场。这件事我就说到这里。我得换件衣服，上班迟到了。"

"好的，头儿。"迈克说着，又摘下了棒球帽。马克已经把乔乔的脸从池水里抬了起来，迈克瞥了他一眼，两人都没再说话。克莱顿从野马汽车的行李袋里掏出一件干净的制服衬衫。他们看着克莱顿从胸口摘下麦克弗斯县警长的星徽，别到干净衬衫上，穿了起来。

"克莱顿，"迈克说，"我们得和佛罗里达那边开个会。上次说起过，记得吗？"

克莱顿揉了揉鼻梁，望着空地上的三块墓碑。迈克和马克也望着。他开始头疼了，抓了抓下巴。

"克莱顿？"

"你安排吧，迈克。我会去的。"

"好的。"

克莱顿始终没有回头面对他们，但他站在那里，凝望了一两分钟那几块花岗岩石板，直到双手不再颤抖。随后他钻进野马汽车的驾驶室，消失在下山路的尽头。

"他那副样子，让你想起了谁？"

马克摘下帽子，掸去上面的一星尘土："老实讲，迈克，我以前真没想到他是那种人。"

"呵呵，哈尔福德想到了。实不相瞒，我觉得这就是他那么讨厌克莱顿的原因。"

"因为他和哈尔一样，都很像加雷思·伯勒斯？"

"不。因为他比哈尔更像。"

马克把乔乔脸朝天翻了过来："天啊，我的确小瞧了克莱顿。快过来看看。"

迈克俯下身子，查看着男孩了无生气的双眼。他左右拨拉着乔乔的脑袋，深深地垂下了头。"该死。"他起身抓住乔乔两只脚腕中间的胶带，在马克的帮助下，把尸体扔进了车斗里。T－莱德在窗户里目睹了这一切，也不那么逞强了。这是他头一次见到死人。马克冲孩子点点头，T－莱德也冲他点头致意，想装作面不改色，但失败了，索性把脸别了过去。迈克是对的，这孩子还应付不来这种事。马克挂上后挡板，立刻把躺在车斗里的死人问题抛到了脑后："我还是不敢相信，小凯特·法里斯居然去给伯勒斯当家庭妇女了。"

迈克噗嗤一笑："凯特可不是家庭妇女，马克。"他走到卡车后面，系上盖布的四个角，压低嗓子不给T－莱德听见："你听说过去年来惹事的联邦调查员吗？就是把克莱顿打瘸了的那个。差点儿拿下这个山头的那个？"

"听过。是叫乔利调查员还是什么的。我听说他在执行任务时失踪了。"

"他叫霍利。西蒙·霍利。以前是烟酒枪炮及爆炸物管理局的调查员。"

"以前是？"

迈克笑了。

"你杀了那个联邦调查员？"

"不，先生，不是我。是你前女友杀的。她坚持要自己动手。"

马克拽紧帆布："我靠，不是吧？"

迈克系紧绳结："欢迎回家，马克。"

4

跛溪路

凯特·伯勒斯从厨房水槽上方的窗户向外凝望着，窗外是一小块干裂的玉米地。玉米已经让位于一大片糖枫与黄松，间或夹杂着几株开野了的山茱萸，活像爆米花。到了一年里这个时候，佐治亚的树却依然盛放着粉、白的花朵，完全无视秋分的到来。跟住在麦克弗斯县山脚下的大多数人一样，山茱萸只顾着自己快活。但不管是花朵还是山茱萸，都几乎无法再引起凯特的注意了。多数早上她只盯着一个凹凸不平的树桩，那从前是一棵三十英尺高的玉兰树，远远地挺立在草地一角。她以前喜欢那棵树。没生埃本之前的那些夏天，她常在玉兰树油绿叶子的树荫下坐好几个小时。她所拥有的每一本书，几乎都是在那棵树下读完的。她喜欢在下午看书，随后再采上几朵珍珠白色的玉兰花，摆在餐桌中心。

　　玉兰花带来满室清甜，宛若雨后的金银花。她依然记得那幅画面：晾衣绳一头高高地系在树干上，另一头一直连到门廊。她把洗净的床单晾起来在风中吹干的时候，有时甚至还会对着那棵傻傻的树说话，说的大多都是自己有一天当上妈妈会如何。当时她那么渴望成为母亲，现在终于得偿所愿，玉兰树却已不在身边，看不到这一切了。把树砍倒的那天，她哭了。整棵树都爬满了腐朽菌——就像毛茸茸的灰色癌症，长势太快，无力回天。怀着七个月身孕的凯特，用一把自家制的长柄锯子和一把以前从没碰过的生锈旧链锯，花了一整天，才把树砍倒。每掉下一根树枝，她的心碎就更甚一分。世事往往就是这样。没有斧子的猛砍，只是一连串小小的穿刺与切割，便只剩下她，在曾经的树荫里，顶着酷暑哭成了泪人。

这一年过得太辛苦了。凯特刚注意到心爱的树开始腐烂，丈夫克莱顿就卷入了他们黑帮家族的案子，受了枪伤，险些送命。克莱顿恢复一些后，凯特把他从亚特兰大创伤中心接回了家，可他已经像她可爱的玉兰树一样，变成了一具空壳。上帝的拇指摁向地球时，一切都灰飞烟灭。就连树木也无法幸免。

俗话说，"杀不死你的，会让你变得更强。"但过去的一年让凯特对这句话有了更深的认识。就算杀不死你，也并不一定会成就你。有时这个世界唤起的恶意刚好把你推到死亡的边缘，但你没有死。你开始新生活，恢复了过来。这种恢复并不是某种新想象出来的内在力量的结果，而只是绝不愿再感受更多的疼痛。"杀不死你的，会让你变得麻木"，倒还更贴切一些。树死了。她撒盐让树桩枯萎，开始了新生活。

凯特打开窗户，用鼻子深吸了一口山间的空气，把水龙头打开，等井水变热。外面的空气有些凉意，但不算冷，微风让屋子变大了——把似乎一天天逼近的墙推远了。她扫视了一圈屋外，目光定格在自己吉普车旁边空着的那片石子地上。克莱顿又是天还没亮就走了。这种时候越来越多，因为他越来越喜欢逃避。她当警长太太已经快十二年了，但好像现在见到丈夫的机会比以前还少——少过他受伤之前——少过他当爸爸之前。

勉强算是当爸爸吧，她差点脱口而出。

她能感觉到自己今天怨气发得特别早，于是决定冲点咖啡压一压。只要咖啡喝得饱，没有什么打不倒。她从水龙头接了滚烫的热水，浇在现磨咖啡粉上，泡了一壶咖啡。她最爱的"堕落饮品"的气息混合着微风，合力把墙推得更远了。她往咖啡里加了一大团来自附近哈珀农场的新鲜奶油，边喝边看了一眼墙上的菲力猫摇摆钟。再过大约十分钟，一天里属于她自己的时光就结束了。她看了看克莱顿留在冰箱上的条子，说他要去波拉德街角商店买点东西——他们根本不需要的东西。这是他在家人熟睡时开溜的最新借口。她抿了一口咖啡，用双手捂住了杯子上麦克弗斯县警察局的银色星标。自从克莱顿宣誓就职之后，这个马克杯就一直放在他书房的写字台上。它曾经对克莱顿有着特别的意义，现在只不过是厨房里的又一个杯子罢了。

克莱顿以前对自己的定义是好警长——也是好男人、好丈夫，是他们家那棵歪脖子树上唯一的好果子。凯特则将自己定义为那个好男人的妻子。她对此很满足。他们都曾心满意足，但现在她不确定他还符不符合其中任何一条——不再确定了。手中那个蓝色的瓷杯子，只会让她满心怨恨。

她又从柜子里拿了个杯子，纯白的，把咖啡换到了这个杯子里。再抿一口，味道好多了。对凯特而言，多数事情就这么简单。如果问题出在咖啡杯上，那就换个杯子。新生活开始了，问题解决了，再也不用去想了。克莱顿则恰恰相反，什么都放不开。他把愧疚和痛苦都囤积在心里，就像有些人藏着杂志和报纸不扔一样，直到这些东西变成生活场景的一部分。十年来，她眼睁睁看着这座山上所有的暴力和堕落都堆在了他的背上。只是如今，这一切发生之后，他的腿几乎站都站不起来，实在是力不能支了。她摇了摇头，觉得有些歉疚，因为自己对于克莱顿的处境太过嫌恶与鄙视。她不想带着这种感觉度过今天。他失去了很多，她能理解。但生活快步向前，伤口却并没有愈合。她已经厌倦了醒来后另一半床空空如也，房子里冷冷清清，不再有曾经深爱她的那个男人的早安吻和睡眼蒙眬的微笑。

她穿过厨房，走到前门边，捡起了一根拐杖。那是克莱顿受伤之后她为他做的。她希望这截风干了的胡桃木可以成为警徽合适的替代品。但自从她第一天把拐杖拿回家，它就一直靠在前门边的钩环里，除了她没人碰过。早上的风会把拐杖吹倒，沿着墙滑落到实木地板上，于是捡拐杖几乎成了她日常生活的一部分。他说他不需要挂着拐杖走路，这会让他显得软弱。而她想告诉他，让他显得软弱的是醉酒，并不是一根旧拐杖。她把它靠回了门边的墙上。

她想过要离开他，最近想得尤其多，特别是像昨晚那样结结实实大吵一架之后。她甚至连吵架的原因都记不得了，不过这并不重要。反正现在吵来吵去都是一样的内容，结局也一样。她会提前上床，但不锁门，躲在床单和毯子下面，等着门把手转动，接着是一个无声的道歉，颈间传来他温暖的鼻息。但多数时候，她都是空等一场。她独自躺在黑暗中，等着某种神秘的启示，可以奇迹般地将丈夫变回以前的那个男人。可此时克莱顿却会故意猛摔柜门，像困兽一般在厨房里来回踱步，等着同样的转变发生在她身上。他们都没准备好去承认，真正对两人造成伤害的并不是吵架，而是等待。大喊大叫之后沉默的那几个小时，才是愤怒真正开始、魔鬼上身的时候。

凯特又抿了一口改良版的咖啡，看着窗外屋子前面石子地上空着的那一块。"行了，凯特，别想了，"她说，"到此为止。"别让今天变成她想象中的那个样子，这对任何人都不公平。她闭上双眼，抗拒地摇了摇头，像是可以把忧郁像沉重的毯子一样从身上抖落。随后，她花了几分钟，在还开着的热水龙头下面温了温埃本的奶瓶。十五年的相濡以沫，不会因为过去的一年土崩瓦解。他们会挺过去的，必须挺过去。她要让自己相信这一点，因为现在，这不单单是他们两个人的事了。恰好在这个时候，凯特听见埃本的房间里传出了第一声动静。

几秒钟之后，她听见儿子发出了今天的第一声啼哭。她微微一笑，一早上的怨气烟消云散——就这么简单。

凯特和克莱顿将近半数的婚后生活都围绕着要孩子这件事，几乎快要放弃了。好吧，其实已经放弃了。四十开外的夫妻要个孩子不容易，他们都清楚。埃本是在这座山上怀上和出生的，就像一个活生生的例子，说明哪怕是在不配拥有奇迹的地方，奇迹依然可以发生。那个玫瑰色脸颊的男婴此刻正躺在他的小巢里，就像一只小海龟，想努力弄明白自己脚丫子的秘密。有了他，凯特就不会再去多想任何后悔的事情，或是生命中糟糕的决定。如果说，过去的一年像是一部悲情灾难片，那么埃本·伯勒斯就是好莱坞式的快乐结局。她多希望克莱顿能明白这一点。快乐结局的关键，就是要趁着下一个悲剧还没发生，赶紧打出片尾字幕。然而，会有多少奇迹发生在她身上呢？想必最多也只能有两个。她在热水龙头下面温好牛奶，洒了一点到手腕上，试了试温度。

"想吃奶了吗，小伙子？"

埃本咕哝一声，融化了凯特的心。她抱起婴儿，把他裹在自己怀孕时钩的红色羊毛毯子里。她抱着孩子走到外面门廊上的秋千旁边，在温暖的阳光中站了一会儿，才在松木秋千上坐下来喂儿子。从门廊看出去，山很美——满眼青蓝，山顶终年云雾缭绕，似有不祥之兆，却又雄伟壮观。她以前很喜欢这里，但如今却越来越觉得，这只不过是一块冰冷的岩石。埃本对景色无动于衷，一心惦记着奶瓶，急着想吃奶。此时的埃本，让她想起了孩子的父亲。心中涌起的一阵厌恶让她有些吃惊。

"男人。"她轻声道。如此贪婪，如此愚蠢。她这是恨屋及乌。克莱顿也许找不到回家的路了，但埃本就在身边。她依然会陪着他。她轻轻荡着秋千，心不在焉地看着玉米地。有只会唱歌的鸟在稻草人头上筑了巢。埃本贪婪地吮吸着奶嘴，温热的牛奶顺着下巴流了下来，弄湿了红色的羊毛。鸟妈妈也在喂小鸟。这只鸟凯特之前见过几次。她看着雏鸟，听着它们聒噪。吵得像打雷一样，毁了此刻的宁静。她拢了拢自己肩上的羊毛毯子，想着不知还有什么会来破坏她的早晨。她把脑袋往后一靠，闭上眼睛——这时，电话响了。

果然。

她把奶瓶从儿子吮吸着的小嘴里轻轻拿开，哄着他："对不起啦，小朋友。我们得去听听你爸爸又找了个什么新理由不回家。"她知道那肯定是克莱顿，打电话解释为什么他一时半会回不来。她敢说一定又是什么八竿子打不着的蠢理由。

总是如此。但现在就算全世界都着了火，凯特也不在乎。没有什么比她腿上的小男孩更重要，而他在等着抚摸爸爸的脸，拽他的胡子。她把埃本架在一侧胯骨上，走回厨房，拿起了电话。

"老公。"

"嘿，宝贝儿。听我说……"

"我知道，"她说，"你有活儿要干，但觉得你不在别人也能应付，所以你要回家了。"她脱口而出，但又后悔说出了这个幻想，因为接下来会很失望。

"呃，不是的。"

你自找的，凯特。

"我早上去焦胡桃池塘办了点事，现在准备去办公室了。"

"办了点事。"她冷冷地重复道。

"嗯，不是什么大事。就跟你说一声我去那里了。"他顿了顿——"凯特？"

"你要是想一直跟自己过不去，没必要向我请示。"

"凯特，我不想——"

"对，克莱顿，你不想。你什么都不想。"

"行了，凯特。"

"'行了，凯特。'行什么行？我还要再忍多少次？我不想再说这个了。你想去喝个烂醉，自怜自伤吗？只管去。别来烦我就行。我今天没心情管你。"

"我没喝酒。"

"我不在乎。"

"你他妈什么意思，凯特？"

他喝酒了。只有在血液里流淌着威士忌的时候，他才会对她爆粗。他还在说话，但凯特已经听够了。她看着餐厅桌子旁边墙上挂着的菲力猫钟。她数着猫尾巴钟摆滴答了十下，厌恶地摇了摇头。她闭上眼睛，把头往墙上一靠。她想尖叫，但这种乏味的争吵好几个月前就结了痂，此刻他们只不过是在揭老疤，再把伤口露出来。"我爱你，克莱顿，但也许我们该分开一阵子。"她把头从墙上抬起来，惊讶于自己竟然轻轻松松就说出了这样的话——如此绝情的话——而且说得这么随意、冷静与坦诚。

"见鬼，你这话是什么意思，凯特？"

"你是侦探，克莱顿。自己想吧。"

"我们得说清楚。"

又来了，凯特想着，把埃本换到另一侧胁骨上。

"是你非要我给你打电话，告诉你我去哪儿了，现在你又告诉我想分开一阵子？我也太倒霉了。不打电话是混蛋，打了电话还是混蛋。我赢不了你。"

"家里的事情根本就不该论输赢，克莱顿。你怎么就不明白呢？"

电话两端都沉默了。丈夫和妻子都在等着对方说出合适的话，消除已经造成的伤害，但覆水难收，说什么都不合适。小小的厨房里，只剩下菲力猫钟尾巴摆动的滴答声。

滴-答，滴-答。

那条黑色的塑料尾巴也像是计时器，倒数之后，又会是一串恶言恶语，还有让分歧加深的错误转折。克莱顿最终打破了沉默，可她甚至没听见他说了什么。他一副要吵架的腔调，这就够了。她挂上了电话——重重地——然后把架在胁骨上的埃本抱了起来。电话一遍又一遍地响着。她没有再接，而是把门一摔，又走到了屋外。她听见拐杖顺着墙滑到了地上。她没去捡。电话终于不再响了，她又在门廊上坐了下来，把儿子的奶喂完。她一直看着他的脸，没有去看玉兰树桩或是稻草人。她盯着儿子，脑子里从平静转为愤怒，再到深深的悲哀，最后又回到了愤怒。她给孩子拍好了嗝，刚准备站起来走走，平复一下情绪，电话就又响了。她知道这个时候说什么都没用。他只想证明自己的观点，替自己辩护。他一喝酒就这样。他们会提高声音，想压住对方，很快他们就会变成她几乎认不出来的两个人。

但她还是进了屋。

她把手放在听筒上，等了一会儿，希望可以用意念让铃声停下。其实她可以回到门廊上，或是钻进吉普车开走——不管去哪里，只要不留在这里就行，但她没有。虽然她说了狠话，但还没有真的准备放弃。她不愿相信他们的关系已经完全破裂了——至少现在还不愿。所以她还是拿起了听筒。

"干吗，克莱顿？你想干吗？我不想再——"

还没说完，她就意识到电话那头不是克莱顿。

"嗨，是凯特吗？我是马克。你好吗？"

5

骑士客栈汽车旅馆，
92 号州际公路旁

佛罗里达州，坦帕市

"对，宝贝。今晚我要晚点回家。"

鲍勃·凯恩用肩膀抵着耳边的手机，付给便利店收银员一袋冰的钱。"是的，我知道。那个新来的臭小子普勒总是把这里的系统搞崩溃，我发誓除了我没人修得好，"他放了张 10 美元在柜台上，把钱包塞回裤袋，"你说得对极了，他们该给我升职。要是没我在旁边守着，这些端口都得完蛋。你今天的治疗怎么样？"

收银小伙子扎着男式丸子头，扫好冰的价钱，把找头递给鲍勃。鲍勃把挂着水珠的塑料袋往肩上一扛，胡乱抓起零钱，手机还贴在耳朵上。"抱歉，宝贝，但医生说得对。你得坚持下去。"鲍勃掉了个 25 美分的硬币在柜台上，又弹到了地下。丸子头小伙儿嗤笑了一声。鲍勃把剩下的钱塞进口袋，不理会还在说话的妻子，把手机贴在胸口问道：

"你他妈留的这是什么发型？"

小伙儿只管嗤笑。鲍勃摇摇头，把手机放回耳边。

"什么？"他说，"不、不，我不是说你的头发。我没觉得有什么不好啊。我喜欢假发，你知道的。"

走出商店的时候，他没看到小伙子对他竖了个中指。这也许是件好事。

他在商店门口的荧光灯下又和妻子讲了几分钟，随后按掉手机，结束了通话。

"真是没完没了。"他对一个正往商店里走的男人嘟囔了一句，调整了一下肩上冰袋的位置。他穿过停车场，等路上的车流出现空隙，便匆匆穿过四车道高速公路，走回汽车旅馆。

他穿过柏油马路，从 Denny's 快餐店的停车场抄了个近道，努力回想着自己有没有不被心血来潮的女人差遣的时候。去年他母亲过世了，虽然他嘴上从不承认，但其实如释重负。自从 2002 年父亲走了以后，他就成了母亲的男仆，随叫随到，天天如此。他老爸就是活活被他母亲用残的，难怪五十三岁就早早挂了。如今他老婆病了，从发现肿瘤那天起，她就希望老公早、中、晚随时待命。他和凯莉差不多一年没亲热过了，主要是因为化疗。她总是很累。但老实讲，哪怕在她得病之前，他俩的性生活就冷冰冰的，毫无感情，像是在做税务审计。所以他出轨不应该受到谴责。

不应该谴责我背叛生病的妻子，他想着，几乎笑出声来。我这是在骗谁呢？

他当然会受到谴责。人人都会恨他。

除了佩妮。

她明白他有多不容易，而且有办法把凯莉、药瓶子和看病从他脑中赶出去，至少今晚可以。只等他把该死的冰买回去了。在港口附近所有的破烂汽车旅馆里，唯独鲍勃选的这一家制冰机坏了——不是坏了一台——也不是两台——而是三台。登记入住的时候，前台那个胡子比他还密的小婊子应该告诉他的。但无所谓啦。

女人长胡子，男人扎辫子。真是世风日下啊。

鲍勃抹了一把秃头上的汗，绕过汽车旅馆的一角。

104 房间。佩妮。终于到了。

他伸手从卡其裤袋里摸房卡，却又突然停了下来。他不需要钥匙了，门已经开了一条缝。他走的时候告诉过佩妮要把门反锁上。虽然这儿不是城里最乱的地方，但何必自找麻烦呢？

女人希望你对她们惟命是从，但却连一个简单的指令都无法完成。比如，锁好该死的门。

他拉住门把手，心头突然闪过一阵恐慌。也许凯莉发现了佩妮的事情，跟踪他来了这里。也许她正坐在里面，头上戴着那顶奇怪的假发。偷腥的人，心里总是有所戒备。

不可能。他下定决心，一把推开了房门。

"佩妮？"鲍勃看了一圈方盒子似的房间，一个人也没有。"佩妮？"他又喊了一遍，听起来更担心了。"宝贝，我回来了。"紫色拷花丝绒床罩依然紧绷在床上，和他们刚来的时候一样。他暗自盼望看见佩妮穿着他买的黑色蕾丝衣，玉体横陈在床上。但床垫没人碰过，往上面扔个硬币还能弹起来。他把那袋冰往小桌子上一放，冷凝水立刻聚起来，滴到了地毯上。

电视关着。

他确定，在佩妮开始抱怨没有冰之前，他已经把电视打开了。她知道鲍勃喜欢在"切入正题"的时候，静音播放 ESPN 频道当作背景。她以为这是因为他喜欢有点光，能看到她，但这只是一部分原因，其实主要是为了给他点别的东西看看，不用老盯着她紧致的小身子。要是不分散一下注意力，他连前戏都撑不过去。

"佩妮？"他喊了第三遍，声音又大又不耐烦。

厕所响起冲水的声音，鲍勃松了一口气。游戏开始了，他想着，咧嘴一笑。

"该死，姑娘，你吓着我了。你把门开这么大，我还以为有人进来把你偷走了。"鲍勃转身从一个纸袋里掏出一瓶百加得白朗姆酒，还有塑料瓶装的苏打水。浴室的水龙头响了。"不用洗这么干净，"他说着，从另一个袋子里掏出两个大青柠，扔到台子上，"反正你肯定会弄得很脏。"他撕开冰袋，没去管湿哒哒的桌子，往汽车旅馆的塑料杯里丢了几个冰块，倒了很多朗姆酒，兑上苏打水。"我都给你弄好了，姑娘。想喝就出来吧。"鲍勃翻着袋子，找他买来切青柠的刀。浴室洗脸池的水声停了，门开了。

"谢了，鲍勃，但本姑娘更喜欢波本威士忌，这酒我就不喝了。"

鲍勃一听，这不是佩妮的声音，立刻猛地转过身来。他一手举着小刀，一手拿着熟青柠。

"见鬼，鲍勃。我开了这么远的路过来见你，你就拿刀对着我？"

一个身材高挑、肌肤胜雪的女人冲他微微一笑，嘴上虽这么说着，却对那把小刀满不在乎，只顾用汽车旅馆的小毛巾擦拭着双手。鲍勃脸上写满了困惑。高个子女人笑了，露出一口雪白的牙齿，闪闪发亮。她眉头一皱，两只胳膊交叉在胸前，用幼儿园老师的语气说："把刀子放下好不好呀，鲍勃？它让我有点不舒服哦。"

她把湿毛巾扔到床上。鲍勃·凯恩低头看着手中两英寸长的小刀，似乎不认识这是什么东西，然后猛地晃晃脑袋，仿佛想从瞌睡中醒过来。

"瓦妮莎？"他说出了女人的名字，像是在提问。瓦妮莎干净的纤手往腰上一叉："鲍勃，说真的，把刀放下。"

鲍勃啪地把刀放在身边的台子上，好像刀突然变得很烫，但还抓着青柠不放，像攥着一个棒球。

"见鬼，你来干什么，瓦妮莎？佩妮人呢？"

瓦妮莎身着白色的套装，一头乌黑浓密的大波浪垂到腰间。她把头发拨到外套一侧的肩膀前，在床边坐下，抚平丝绒床罩，双手撑着床垫往后一靠。她连眼睛都没抬一下，答道："佩妮？就是那个今晚要跟你睡觉的小姑娘？她必须离开。不好意思，鲍勃，你肯定心都碎了。"

鲍勃看着这个女人继续摩挲着紫色丝绒床罩，还跷起了二郎腿。他看着她又往后靠了一些，好坐得更舒服——在他付了钱的床上舒服。鲍勃把青柠攥得更紧了，拿它对着不请自来的客人问道：

"该死，到底怎么回事，瓦妮莎？你为什么来这儿？你他妈把佩妮怎么着了？"

这句话貌似得罪了瓦妮莎："怎么着？我们没把那姑娘怎么着啊。她走了。我能怎么办？"

"我们？"鲍勃一下子觉得有些站不稳了。他把关于年轻漂亮的女招待的所有念头都抛在了脑后。

"当然是我们啦，鲍勃。你觉得我会连个照应的人都不带，就半夜跑到陌生男人的汽车旅馆房间里来？"

鲍勃依然紧抓着青柠，紧张地环视着只有他们两个人的房间，最后目光停留在了浴室的门上。瓦妮莎也回头看了一眼身后的门，又转过来看着鲍勃："除了我们，房间里没有别人，鲍勃。我跟同事说了，你是个讲道理的人，我们可以自己解决这个问题。所以我让他们等在外面。"

鲍勃松了口气，终于把青柠放在了刀子旁边。"听着，瓦妮莎。我不知道你究竟想让我干吗，但你不能跟个老相识似的，就这么闯进来。我几乎不认识你。"

瓦妮莎起身捋了捋两腿后面，在靠墙的小桌子旁坐下。鲍勃这才注意到桌上放着一叠文件，就在骑士客栈电视频道指南旁边。瓦妮莎把文件朝另一把椅子推了过去："在我印象里，从我们上次的谈话来看，你是知道我究竟想让你干吗的。而且你也愿一步步来，好好加深对我的认识。"

"这位女士，你的印象是错误的。你让我伪造电脑里的航运文档，我告诉你我会去看看这个忙我能不能帮。我看过了，可那点报酬不值得我冒那么大的风险。不好意思，亲爱的，我帮不了你。"

"不，亲爱的，"瓦妮莎嫌恶地重复了一遍那个肉麻的称呼，"我们有约在先。"

"这你也搞错了。我们从来没有约定。我是有点小业务，但只有几个人知道，而且最初我也并不想这么做。我还想知道你一开始是从哪里知道这个消息的。我得把漏洞堵上。"

"这不重要。"瓦妮莎端详着自己的法式指甲尖儿，漫不经心地说道。

"是不重要，但关键是，改几个账户号码是一回事，但你想玩的完全是另外一种游戏。监管太严，我不能玩火，所以我说了，我帮不了你。"

"对，鲍勃，这话你是说过。可我觉得你不明白自己所处的位置是独一无二的。我还是相信你可以帮我这个大忙。"

"见鬼，女士，你聋了吗？我不认识你，而且也他妈不欠你的，"鲍勃一指桌上的文件，"所以我建议你听清楚我的话，然后拿上那玩意儿，赶紧开路。"鲍勃两只胳膊交叉在胸前，靠在塑料贴面台子上，好好打量了一番瓦妮莎。之前他们只通过电话。她是个美人，一双冰蓝色的大眼，眼角有些忧伤，却燃烧着平静的爆发力。她的皮肤是如此洁白，在价格不菲的定制套装下，仿佛微微闪耀着珠光。她比佩妮档次高多了，跟他老婆的差距更是有好几个光年，但她眼中有种东西，仿佛在说——"没门"。她眼中的冷漠让鲍勃觉得焦躁不安。她一定很清楚自己眼神的作用，所以死死盯着他，目光如炬。她放下二郎腿，两腿微微叉开，从不舒服的木椅背上挺起身子。这个动作会产生的效果，她也心知肚明。这是个精心排练过的动作，可以把她衬衣下面的扣子往下拽，让她乳沟毕现。鲍勃的眼神正落在她想要的地方。她笑了。只用自己的姿势就能指挥大老爷们儿，这种感觉真是太强大了。

鲍勃开口了，像是在念瓦妮莎写好的台词："听着，你我干吗不把码头的破事放在一边，再做个另外的约定？反正房钱已经付了。"

瓦妮莎扮出无辜的神情，假装不好意思地说道："哎呀，鲍勃，你觉得我看起来像是那种小裤裤塞在包包里回家的女生吗？"

"我倒宁愿赌你是那种压根不穿小裤裤的女生。"

"你还真是自信呐，鲍勃。"

"坐上了我这样的位置，换了你也会自信。"

瓦妮莎站起身来，从狐狸精模式瞬间转回公务模式，语气冰冷而清晰地说道：

"那就对你当坦帕港航运工头的能力自信点，好好考虑一下我现在的提议。然后你就不用担心，你跟只有你一半大的女人幽会这件事会传到可怜的、生着病的凯恩太太耳朵里了。"

鲍勃的撩骚脸也瞬间消失了。面对威胁，他提高了声调："所以你是来要挟我的？哇，你果然是个愚蠢的贱货。"

瓦妮莎双眼微微眯缝了一下，但并未被鲍勃察觉。他脸涨得通红，喊叫道："你要告诉我老婆我背着她搞了个小逼娘们？你觉得拿这个威胁我，就能强迫我去做会蹲联邦监狱的事情？"他大笑起来，"尽管去好了，亲爱的。随便你跟她说什么。你倒是帮了我一个忙。也许等你说完，我就再也不用对付你们这些贱人了。"

面对第二次羞辱，瓦妮莎没有半点畏缩："听着，鲍勃，我不是来要挟你的，也不想说服你去违法。我知道船已离港——过时不候。我只是想再努力一次，因为我们这么——要好。"她把头发甩到肩后，"我不会再逼你了。"

"好极了，出去吧。"

"我会的，但走之前，你得帮我把这些签了，"她把一只苍白的手压在桌面的文件上，"需要签字的页面我都帮你标好了——多省事啊。两下签完，我绝不再烦你。"

"你到底要我签什么？"

"你的辞职信，"冷静的爆发力又回到了瓦妮莎的眼中，"还有你给自己继任者的推荐信。"

鲍勃茫然地盯着她，随后爆发出一阵大笑："我的辞职信？"他俯身翻着桌上的纸，摊得满桌都是。他又笑了起来，肚皮直颤。瓦妮莎也跟着笑了起来。"你觉得我会走人——让那个傻小子普勒接手——就因为你的一句话？"

"是的，鲍勃。对，我是这么想的。"

鲍勃读了起来，笑声戛然而止。瓦妮莎也一样。她从桌边走开，但依然挂着微笑。"你他妈疯了吗，觉得我会签这种狗屁东西。绝对不可能。"瓦妮莎又退后几步，但还保持着微笑："接着读，鲍勃。看看最后一页。我敢说至少你会觉得很有意思。"

鲍勃又低下头去，翻到了最后一页。那是一封给他妻子的告别信，伪造得堪称完美。写得好到连他都被迷惑住了，觉得真像是自己写的。信里写到，他为了另一个女人要离开佛罗里达，离开她。写到癌症和他对癌症的厌倦时，显得是那么痛苦和真诚。信里还写了很多其它的事情，那些他一直想说的事情，那些他的确说过的事情——对佩妮说过。鲍勃的眼神渐渐阴沉下来，一甩手，把那叠文件扔到了房间另一头。

"没人会相信那些鬼话。"

"不，他们会的，鲍勃。只要他们跟佩妮谈谈，听她作个证，就会相信了。"

"你这个疯婆娘。你知道我是谁吗？我认识人，有权有势的人。你觉得你能对我发号施令？就凭你撞见我和红头发小婊子待在汽车旅馆房间里？或是因为码头上有个大嘴巴对我的事情胡说八道？哼，你猜怎么着？这些加起来，连个屁都不是。你不了解我。我连 2012 年的大罢工都挺过去了。我跟他妈的主席叫板，站着没趴下的是我——我——鲍勃·凯恩。我有工会。我有真正的权力，你根本不知道自己惹的是什么人。"

面对工头的发作，瓦妮莎依然淡定，保持着微笑。

"我很清楚自己在跟什么人打交道，鲍勃，"她的微笑褪去了，"只不过是又一个软弱、无能的猪头，口气倒不小——很可能是对他老二太小的补偿。"

"婊子！"他向瓦妮莎猛扑过去。她往边上一闪，躲到床后。此时，浴室的门开了。鲍勃甚至来不及对开门声作出反应，一个身着黑色连帽衫的瘦小身影便走了出来，手中的枪管上装着长长的消音器。他闷声开了一枪，子弹正中鲍勃左耳上方，打进了他的脑袋。子弹没有穿出来，也没有爆裂或是出血，因为子弹打着转钻进了鲍勃的颅骨。前任航运工头就这么站着，死死盯着瓦妮莎雷霆万钧的蓝眼睛。他看起来既震惊又困惑，但丝毫没有意识到自己刚死了。瓦妮莎睁大双眼着迷地看着，但鲍勃的尸体还是倒了下来，瘫在床脚，她的着迷随即变成了失望。手持小型点 22 口径手枪的瘦小男人卸下消音器，连手枪一起塞进了连帽衫的口袋里。

"我不知道你为什么这么喜欢自欺欺人，瓦妮莎。你知道他不会签字的。"小个子男人弯腰把散落在地毯上的文件收集起来。

"我喜欢把人往好处想。"

"他们只会让你失望。"

"你还没有，宗。"

"这里的关键词，瓦妮莎，是'还'。"

"你也太悲观了，宗。"

"不，我只是很现实，而且现实情况是我们为此浪费了太多时间。我来扫尾，把房间弄乱，看起来像剧烈挣扎过。你该走了。回家吧，剩下的交给我，按照我一开始设想的来。"

"该死！"瓦妮莎这一嗓子，吓了小个子男人一跳。宗慌忙把枪从口袋里掏了出来。他环视着整个房间，却什么都没看见。他又看向瓦妮莎，叹了口气。她正盯着自己大腿上比瓢虫大不了多少的一滴血。"绝对不应该发生这种事。见鬼。我说不要用枪、不要流血，是有原因的。"

"原因就是怕弄脏衣服？"

瓦妮莎对他怒目而视，宗只能摇摇头。她环视着屋里，目光锁定了台子上打开的苏打水。"你信不信我运气就是好？"她抓起台子上的苏打水，瘸着腿往浴室走去，好像中枪的是她，小心翼翼不让那滴血散开洇进去。

"瓦妮莎，我们得搞清楚重点。"

"给我一分钟。"

"瓦妮莎，恕我冒昧，我——"

她在门口转身面对着他。

"够了，宗。我不会再容忍任何人对我颐指气使了。你为我工作，所以去给你的骑手朋友打电话，确保他们处理好他们那边的事情，我的事情我自己会处理，就不劳你费心了。"

"'豺狼'办事你放心，瓦妮莎。这点我可以保证。"

"最好如此。"

"我还没见布拉肯和他手下搞砸过这种大事。"

"关键词，宗，是'还'。"

宗咬住嘴唇，没再接话。

"很好，"瓦妮莎说，"现在去打电话，然后把这个房间搞定，你觉得怎么合适怎么来。而我要在自己崩溃之前，走进恶心的汽车旅馆浴室处理这个血迹。我们现在达成共识了吗？"

宗不开心，却容不得他争辩。他点了点头："当然，瓦妮莎。就这些吗？"

"不，还有。"她只是在赌气。

"还有什么？"

其实没什么。"这可是我超爱的裤子！"瓦妮莎砰的一声关上了浴室门。宗惊愕地盯着那扇门。片刻之后，他掏出一双乳胶手套，开始干活。

瓦妮莎在马桶上坐下，把苏打水倒在另一条毛巾上，去吸血迹。"这条裤子要 600 美元。妈的。不管你有多少钱，600 美元还是很大的数目，不能就这么白白扔了。你同意吗？"

半裸着坐在浴缸里的小个子红发女孩肿着眼睛，没有说话。

"的确如此。"瓦妮莎替她答道。她用毛巾轻点着血迹。"诀窍是吸，而不是擦，但血迹绝对是最糟的。等于我一把火烧了 600 块。"她尽可能处理了血迹，然后气冲冲地把毛巾猛地扔进了洗脸池。"混蛋。"说完，她冲浴室门竖起一根中指。浴缸里的姑娘还是没吭声。她把膝盖抱在胸前，努力保持不动，但她身上只穿着廉价的小伞裙内衣和内裤，所以冻坏了。血液里的恐惧和皮肤接触到的冰冷的陶瓷让她控制不住地发抖。而想尽力不发抖又让她胃部抽痛。瓦妮莎胳膊肘支在膝盖上，垂下黑发，遮住脸庞。姑娘牙齿打颤的声音充斥着小小的浴室，把瓦妮莎拉回了现实。她撩起头发别在耳后，转向了姑娘。

"你叫佩妮，对吧？佩妮洛普的简称？"

姑娘点了点头。

"说话，佩妮。"

"是的，"她怯生生地说道，"佩妮洛普是我奶奶的名字。"

"嗯，这个名字比佩妮好多了——如果你要做鸡的话，"瓦妮莎看起来陷入了沉思，"其实，对于卖肉赚钱的女孩子来说，佩妮[1] 可能是

---

[1] 佩妮：原文为 Penny，在英镑、美元、加币、欧元等多种货币中均指代 1 分钱。

最差的名字。"

佩妮的声音稍微正常了一点："我不是鸡,女士,我——"

瓦妮莎举起一根手指,放在涂成黑莓色的嘴唇上,摇了摇头："听着,甜心,我明白。和你年龄相仿的男孩子不会付钱,已婚男人从不问价格。每个跟你差不多大的姑娘,只要奶子不错,又有点脑子,都清楚这一点。我们每个女孩都有想走邪路的时候,相信我。"瓦妮莎坐直身子,用双臂内侧夹紧了胸部。她低头看着自己的乳沟,仿佛那更像是负担,而不是福气。接着她又弓下了身子,把胳膊肘架回膝盖上。"但我们并不是所有人都走了那条路。聪明的做法是让他们按照你的规则来玩游戏。向男生证明,就算没有他们,你也办得到。自己开门,自己买饮料,花自己的钱。这会让他们困惑,让他们扫兴,也会让你重新充满力量。只要你这么做,"瓦妮莎用一根手指勾起佩妮内衣上黑色的细带子,"就能穿上600美元的裤子,而不是塔吉特商店的垃圾内衣了。"她放开了手,松紧带狠狠地弹在女孩赤裸的皮肤上。

佩妮把腿抱得更紧了,觉得快吐了。

"我的话你听进去了吗,佩妮?"瓦妮莎俯身端详着女孩的脸,失望地叹了口气,"没有——我看你没听进去。大多数做鸡的都听不进去,但我还是会把你往好处想。我对这一套还没彻底玩厌,不像我外面的同事。"她的声音柔和下来,"听着,你想一直坐在浴缸里发抖,听任鲍勃·凯恩那种猪头糟蹋你吗?你真想这样吗?"

姑娘没说话。

"回答我,佩妮。"

"不,女士。"

"那就把现在当作是你的转机。算我送你的礼物。"

姑娘看了瓦妮莎一眼,但很快又低下头去,盯着浴缸。

"下面我们这么办。你先在这里坐一会儿,我的朋友会在外面把舞台布置好——你的舞台。大约再过一个小时左右，你用汽车旅馆的电话报警。我们会在旁边听着，这样我才知道你什么时候打的，打给了谁。你要告诉警察的故事大意就是，那个被你称作男朋友的混蛋——顺便告诉你，他在短短八分钟之内，说你是'逼娘们'和'婊子'——要抛弃妻子、辞去工作，和你远走高飞过逍遥日子。但你们刚登记入住，就有三四个长相让人记不住脸的男人在停车场里骚扰你们这对儿野鸳鸯。最后鲍勃因为管不住嘴跟他们打起来了。然后你跑进房间把自己锁在了浴室里，害怕自己会有生命危险。还没等你搞清楚怎么回事，那帮你也分不清谁是谁的暴徒中有一个尾随你和鲍勃进了房间，开枪把他打死了。然后他们就都吓坏了，逃走了。细节你就自己编吧。你是个聪明姑娘，会让镇上的白痴警察信你的，我保证。"

"要是他们不相信我呢？"佩妮心中燃起了希望，声音正常多了。

"佩妮，我跟外面带枪的朋友说你可以搞定。所以，可以吗？是你搞得定，还是我得告诉他我错了？"

"可以，女士。"佩妮哭了，但她不再发抖了。

"好姑娘，因为我讨厌自己犯错。等他们放你走之后，你还要对付接下来的事，你得挺过去。等到尘埃落定，剩下的就简单了。然后你就爱干吗干吗吧，"瓦妮莎又俯身过来，"但我建议你回北卡罗来纳，把阿帕拉契大学的英语文凭读完，让你奶奶骄傲。顺便说一句，她人可真好。我喜欢她的小狗。老太太和她们的小狗狗，不是吗？"

佩妮的脸全无血色，呼吸都觉得疼。

"我们把话都说明白了吗？"

佩妮用力点了点头——双眼紧闭。

"睁开眼睛，说话。"

"是的，女士，我明白。"

"很好，因为如果你搞砸了——"瓦妮莎捏住佩妮的下巴，用力转过来，和她四目相对，"我不相信第三次机会，或是给不值得怜悯的人怜悯。我知道你住在哪里，佩。我也知道你父母——罗恩和萨布丽娜住在哪里。我知道你弟弟的特殊学校在什么地方，也知道要进去看他有多容易。我不想看到他们有人因为你无法接受中肯的建议而受罪。"

"我明白，女士。我发誓。我可以搞定。"

"很好。"瓦妮莎放开佩妮的脸，起身拿起台面上一摞叠得整整齐齐的衣服，扔到女孩的大腿上，"穿上衣服，开始练习你要跟警察说的话。记住——"

瓦妮莎的手机响了。

"失陪片刻。"

佩妮抓紧衣服贴在胸口，瓦妮莎从裤袋里掏出手机，看了看来电显示，一脸嫌弃："开什么国际玩笑。"她按了接听键，把手机放在耳边："看在老天爷的分儿上，你想干吗，库特？"

"嘿，贝西·梅。好久不见。"

"我现在不叫那个名字，库特。已经六年了，你知道的。我再问一遍，你想干吗？"

"你得回家。"

"我就在家里。"

"错了，妹妹。你得回你真正的家。"

"我他妈干吗要回家？"

"因为乔乔死了。他被人淹死了。摁在水里，像只流浪猫。"

瓦妮莎沉默了。她虚握着手机，等着下文。

"贝西·梅，你还在吗？"

"我告诉过你啦，我不叫那个名字嘞。"瓦妮莎带着拖腔的北佐治亚口音一下子冒了出来，她差点没认出自己的声音。

"呃，不管你他妈现在叫啥，都无所谓啦。你得赶紧回家，这是命令。你知道吗，那孩子和他那帮蠢蛋朋友不知脑子进什么水了，竟然去打劫北佐治亚的几个大佬。"

现在轮到瓦妮莎喘不过气来了。她紧抓着手机，快把它捏碎了。

"就是你几个月前回来跟妈提起的北佐治亚那帮家伙。真他妈有意思吧？你知道那孩子比山羊还笨，根本没胆量去顶撞什么大佬，所以我猜他一定觉得自己很有把握。你还在听吗，贝西·梅？"

"我在听，库特。"

"真不知道他哪儿来的这个主意？"

"你到底想说什么，库特？"

"我的话说完了。赶紧滚回来。现在立刻马上。"

"他是怎么出事的？"

"等你回来再细说。"

"好吧。给我几天时间。"

"葬礼是——"

瓦妮莎挂了电话。她静静地站着，把手机放在了台面上。她抬头看着屋顶，等烟雾探测器上的绿灯闪了至少二十下，才沮丧地长出了一口气，转头看着佩妮：

"我猜你没有香烟吧？"

6

大院

在恼人的沉默和琐碎的办公室事务占据了麦克弗斯县警长办公室48小时后，克莱顿的第二部手机响了起来，那是他的秘密活动专用手机。迈克带来消息，说他在佛罗里达的熟人已经越过州际线，往北进发了。当天剩下的时间里，克莱顿都盯着窗外，蘸着唾沫清理手枪。时间一到，他就把大部分活儿和书面工作丢给了自己唯一的副手达比·埃利斯。他停下来看着桌上的办公电话。他应该给凯特打个电话。他对着电话伸出手去，却转而拿起了自己的柯尔特手枪。他把手枪塞进枪套，抓起门边架子上的帽子和夹克，没给任何人留话，便离开了办公室。

办公室的前台接待叫克里克特，也是县里唯一的调度员。她从办公桌后面看着门在他背后轻轻关上，转身跟埃利斯副警长说起话来，声音很轻，仿佛屋里除了他俩还有别人似的。

"你觉得他还会回来么？你知道，就是回到以前的样子？"

"不知道，"达比说，"我是真不知道。"一身腱子肉的年轻副警长滑进克里克特旁边的办公椅里："他好像越来越糟了。你有没有闻到他进来的时候一股酒味？他又开始在早上喝酒了。"

克里克特推了推鼻梁上的眼镜："昨天他裤子和靴子上都是泥——池塘里的泥。我花了大半个上午打扫他带进来的泥，可他好像根本没注意到。我真想知道该怎么办——或是该说什么。"

达比把手放在克里克特的手上："我明白。我也一样。但能把他从现在的状态里拯救出来的人只有一个，就是他自己。我们能做的，就是好好待在这儿。"

"我去看孩子那天和凯特聊了聊。她说他总不在家，我没敢告诉她，他也一直不在办公室。他究竟去哪儿了？"

"焦胡桃池塘吧，我猜。"

克里克特把手抽了出来，在椅子上坐直："也许你该跟着他，达比。我是说，也许你能跟他交交心。"

达比把压在前额上的帽子往后一推："克里克特，我曾经跟着那个男人去鬼门关绕了一圈。你知道的，千真万确。我去过。但他现在去的地方，你肯定不想让我去。我敢对你打包票。"

一听这个回答，克里克特满脸都是掩饰不住的鄙视，索性继续去打刚才没完成的报告了。达比坐着看了她一会儿，气呼呼地站了起来。他走到门口，从架子上抓起大衣："我去买点像样的咖啡，你要吗？"

"不要。"克里克特头都没抬，仍然盯着电脑屏幕。

"呃，那我们一会儿见啦？"

克里克特都懒得再回答他了。达比摇摇头，穿上了夹克："行吧。"

克莱顿钻进野马汽车，开上主街，一路向北，往公牛山峰顶驶去。45 分钟的车程里，他一支接一支地抽着香烟，把刚抽完的烟头从车窗丢出去。烟头先是落在人行道上，后又落在还没铺人行道的土路里——这条土路是通向他父亲家的，或者按照现在的叫法，是通向"大院"的。他上一次来，最后闹得很不愉快。哈尔福德用拳头让他知道了自己有多么不受欢迎。但这一次，他是应邀而来的。

国王已死。国王万岁。

克莱顿刚又叼上一支香烟，无线电里就传来了静电的哗哗声，接着响起克里克特怯怯的声音："警长？请回答。"

克莱顿点上香烟，等克里克特又喊了他一次，才拿起对讲机。

"什么事，克里克特？"

静电呲啦声。

"我们接到一个电话，说白崖路上有辆拖车里飘出了腐臭味。门牌号是 1128 号。"

"腐臭味？"

"是的，长官。报警者称闻起来像是氨气和——猫尿——她的原话。"

"谁报的警？"

"丽巴·布朗，长官。她说那条路上臭得让她直流眼泪。"

静电声。

见鬼。克莱顿用对讲机抵住前额，想把头疼摁回去。克里克特又叫了他一次，他把香烟一丢，按下通话键："让达比处理吧。"

呲啦声。

"长官，白崖路 1128 号是科尔家。"

"我知道，克里克特。你想说什么？"其实他知道她想说什么。

"警长先生，我不想顶撞您，但如果桑尼·科尔在家，您觉得达比应付得来吗？"

"他是麦克弗斯县的副警长，不是吗？"

"是的，长官。但是——"

克莱顿已经可以看见前方的大院了。"克里克特，我给这小子发工资，不是让他整天光健身、坐办公室和跟你打情骂俏的。他得凭本事吃饭。你现在打给他。"

静电声。

"是，长官。"

克莱顿听见克里克特打给了达比，便伸手关掉了无线电。土路旁边的林子尽头出现了一片空地，空地上有个看大门的小伙子，用对讲机说着话。那个小伙子骨瘦如柴，穿着红色法兰绒衬衣，留着稀稀拉拉的几根长胡子，还没长成真正的络腮胡。小伙子把自动步枪的皮带往肩上松松一挎，八英尺高的铝合金自动门便吱吱嘎嘎地打开了。克莱顿对小伙子点点头，等在门外，准备驾驶着县警察局的汽车开进巨大的铁丝网栅栏。栅栏围着的就是北佐治亚犯罪活动中心——他童年的家。栅栏是最近才修的，克莱顿上次上山的时候还没有。瘦小伙儿挥手让他进去，还抬了抬棒球帽，冲他致意。克莱顿开着野马车缓缓经过他身边，停在了沙土停车场里。克莱顿熄火时，看门的毛头小伙儿冲他喊道："快进去吧，伯勒斯先生。大家都在等你。"

克莱顿颇感奇怪，竟然只有一个人——还是个孩子——独自把守着伯勒斯峰的大门。他想着自己在哪里见过这个孩子，喊了回去："怎么只有你一个人看门？"

"你放心，伯勒斯先生，我可不是一个人。"他指了指每根栅栏桩子顶上的摄像头。它们监视着整个房屋周边。这也是新玩意。克莱顿记得哈尔福德还活着的时候，总有好几十号人看守着这里——像是一个随时待命的影子军团，只要头领一声令下，就能把任何不速之客当香烟点了。而现在，只有一个瘦小子、一把来复枪和一堆摄像头。哈尔福德当山大王的时候，行事都很老派，还保留了父亲以前的那一套，但迈克欣然接受了"高科技红脖子"的理念，充分利用了现有的时髦技术。除此之外，克莱顿最近还听到风声，说是哈尔福德的旧部在缩水。这两点他之前都不信，但现在才发觉是实情。

但他们不散伙干吗？待在这山上还图什么呢？帝国已经垮了。

克莱顿对着亲兄弟扣动扳机、处决了他们的首领时，就已经亲手颠覆了这个帝国。

"大家都叫我 T-莱德！"

"啊？"克莱顿回头看着门边的孩子。他笑着，两手抓着帽子。克莱顿认出来了。他是迈克的外甥。就是焦胡桃池塘出事那天，卡车里的那个孩子。

"我知道你是谁，孩子。你妈妈和家里人都还好吗？"克莱顿其实并不关心，只是条件反射似的随口一问。孩子的回答也是一样。

"挺好，没啥可抱怨的，抱怨也没用。"

"嗯，"克莱顿抬头看着摄像头上闪烁的红灯，他和小伙子之间的大门自己关上了，"听着，孩子，不管迈克给你这儿装了多少摄像头，你都得留心身后。"

"遵命，先生，"T-莱德拍了拍肩上的来复枪，"有它帮我盯着背后呢。"

克莱顿点点头，摘下警徽，扔到 SUV 的座椅上。山上每个人都知道他的身份，但他觉得没必要往伤口上撒盐。他走到副驾驶那边，把手伸进窗户，摸出了手套箱里的柯尔特手枪。他把手枪塞进坏腿上的枪套里，疼得眉头一皱。他走起路来有一点跛，但还不至于让门边的孩子发现："总之多加小心，孩子。"

"遵命，伯勒斯先生。"孩子等到大门关好，才回到林子旁边的处高地坐下。他把来复枪横放在大腿上，想到了那个自己眼见着溺死在克莱顿·伯勒斯脚边三英寸深池塘水里的男人，眉头也微微一皱。克莱顿也没发现孩子的双手在发抖。其实，他转身往房子走去的一刹那，就已经把孩子抛在了脑后。

太阳已经开始下山了，但从高处这里看去，在绵延起伏的蓝岭群山背景下，天空依然是柔和的橘色。巨人般的群山在黄昏橙色的余烬中缓缓坠入了梦乡，细处都看不清了。山岭和峡谷消失了，只留下巨人的剪影耸立在远处。那么美——那么生动。这样的天空转瞬即逝，就像一个完美的例子，证明在黑暗吞噬一切之前，也可以绽放刹那的美好。

大院周围的砂石土地原本是绿草茵茵的前院，现在停满了涂着亚光黑漆和灰色底漆的卡车、吉普车和全地形车，或新或旧——多数是旧的——有些全凭带着怨气的车主抽空修补，才没有散架。这已经不是院子了，成了山地停车场。哈尔福德把这座房子变成了装甲堡垒。整个地方看起来像是个微缩版的州立监狱。感应灯、摄像头和铁丝网取代了木头百叶窗和手工雕刻的摇椅。睡在门廊上的猎犬也不见了，取而代之的是训练有素的比特犬，拴在铁丝网栅栏上。

这里以前是家，现在却成了基地。

克莱顿和哥哥们在这里长大，但大院的一切已经和他记忆里迥然不同了。房子还在院子正中，简单的斜顶建筑，主要由黄松和雪松搭建而成。前门两侧各有两扇窗户，只是现在窗户都被装着铰链的镀锌钢板钉住了——上面满是弹坑和弹痕。房子四周加盖了混凝土砖墙，加强了防护，也显得更有威慑力。他从车子中间穿过的时候，看见屋顶上装了许多高中足球场边的那种探照灯。他还看见栅栏上有个闪着红灯的高级摄像头，后来发现它们无处不在，藏在各种东西里。他用目光搜寻着火坑旁边的长椅，他第一次牵凯特的手就是在那儿。长椅不见了。火坑也是。

屋子边上有个木杆子，以前顶上有个巨大的鸟舍，现在也没了。杆子还在，但如今只有破破烂烂的强力胶布和伞绳挂在上面。他可以想象杆子这些年来都派了什么用场。

克莱顿记得自己还是个孩子的时候，这里总是弥漫着新鲜鹿肉、玉米糊糊或是手工面包淡淡的香气。不管父亲是个怎样的人，他总还是愿意花些时间把儿子们聚在一起，全家一起吃晚餐。但那种香气也消失了。如今空气里弥漫着的只有枪油和柴油的气味。大院把这个家慢慢吞噬了，就像铜头蛇吃掉一只田鼠。

他拾级而上，来到门前，看见门的上方有个摄像头，正随着他转动。他看着上面的红灯，心里很清楚，红色意味着停下。但他依然准备忽略这个征兆，就像之前无视克里克特的传呼，把任务交给经验不足的副手一样。他的负罪感渐渐袭来，就在这时他听见门锁发出响亮的咔嗒声。推门进屋的时候，他的左手下意识地搭上了柯尔特手枪的木头手柄。

克莱顿在门口破烂的黄地毯上蹭了蹭鞋底。地毯很脏。实木地板也有多处污渍和塌陷，但依然很结实，还是自家地板的感觉。加雷思·伯勒斯修的东西，都能用很久。他用目光在墙上嵌着雪松木板的前厅里搜索着，想找个熟面孔。房子的灯还是以前的，照得屋里一片琥珀色的电气光晕，松木椽子投下的扭曲阴影布满了他哥哥的俱乐部。克莱顿看见了"疤瘌迈克"，他在克莱顿进来的时候起身摘下了帽子。屋里少说也有十几个人，身上衣服的颜色都像被太阳晒褪了色的稻草，或是干掉的泥巴。一见警察闯入了他们的领地，这些人都不再交谈了。屋里臭烘烘的，混合着洒出来的威士忌酒味、香烟味和好多天没用过肥皂也没冲过澡的男人味。他想，不知哈尔福德能不能忍受手下把父亲的房子糟蹋成这样？还是他自己把这里弄成了这样？他能感觉到屋里每个人的目光落在自己身上的灼烧感，就像生了皮疹，还猛地发觉他上唇粗糙的红胡子里渗出了汗珠。他已经不属于这里了。他感到一阵口渴。又多了几双眼睛从厨房里朝他看过来。厨房里黄色和矢车菊蓝色相间的墙纸让他想起自己第一次带凯特来见家人的时候，他和二哥巴克利在厨房里打了一架。那晚克莱顿差点把他哥打死，因为巴克利说了些关于凯特的话，那些话他现在已经记不得了。但他依然记得的是，父亲并没有制止那场打斗，只是微笑着把凯特轻轻挪到了一边。他还记得那晚凯特厌恶的眼神。那是她最后一次来家里吃饭。

马克·图利在厨房里，旁边站着一个年纪至少是他三倍的男人。

克莱顿穿过屋子走过来的时候，马克从弹药箱架着胶合板拼成的临时桌子上拿起一瓶啤酒，瓶口一点，向克莱顿致意。克莱顿点了点头，真希望自己也能来上一瓶。他打了个举起酒瓶凑到嘴边的手势，马克笑了，向冰箱走去。克莱顿越往这个"蛇窝"里走，认出来的熟人就越多。里面有本地消防员弗兰克·韦尔斯，他家里的孩子多得克莱顿数都数不来。他旁边坐的是罗齐尔兄弟——他们是双胞胎，都叫罗伯特，不过大家都叫其中一个鲍比，克莱顿也搞不清是哪一个，应该没人搞得清。这在这边山脚下是常有的事。克莱顿又看见了一张久违多年的面孔，驰骋的思绪突然来了个急刹车。那张畸形的大脸属于一个叫"钉爪"麦肯纳的男人，他独自坐在屋子最黑的角落里一张脏沙发上。克莱顿娶了凯特以后，就再也没有见过他。他们三个曾经是朋友。"钉爪"一个人坐着，不光因为他长相吓人，还因为他有着"冷血杀手"的名声。虽然"钉爪"能把天不怕地不怕的人都吓住，但克莱顿见到他却很高兴。他认识"钉爪"的时候，人们并不怕他，还叫他尼尔森。但几十年来，他因为轻度智障和近亲家庭饱受奚落，变成了现在这个郁郁寡欢的独行客。而偷走他的童年、把他变成冷酷杀手的，正是坐在这间屋子里的这群人。每个人都叫他"钉爪"，因为他左手畸形，指甲长得像动物的爪子。克莱顿觉得这个绰号很适合他，但不是因为他的手。"钉爪"麦肯纳的故事也许是公牛山上最悲惨的，但他挺过来了。他还在这里。克莱顿相信，一个人要想挺过这样的生活，必定有着钢筋铁骨——至少得像钉子一样坚硬。他向"钉爪"伸出右手，大块头男人欠身握住。

"又见到你真好，尼尔森。"克莱顿冲他微微一笑，但"钉爪"没有反应。很久、很久以前，他就失去了微笑的能力。

"凯特琳都好吗？"

"她挺好，'钉爪'。好得我都快配不上了。"

"孩子好吗？"

克莱顿耸了耸肩。他真的不知道。

"钉爪"松开克莱顿的手，小声咕哝了一句，又坐回了沙发上。他盯着自己的啤酒，克莱顿也就没再和他聊下去。

和马克站在一起的老人是欧内斯特·普鲁伊特，只要看一眼并肩站着的这两个男人，他俩的关系就显而易见了。欧内斯特是加雷思·伯勒斯还在世时的一个心腹。因此马克也就成了亲信。克莱顿这才明白为什么那天在家里迈克倒像是他的部下。欧内斯特冲他扬起胡子花白的下巴，抬了抬帽檐。克莱顿点头回礼，但见到前辈对他客气，还是觉得有些奇怪。以前欧内斯特从不这样。没人这样。但如今时过境迁，屋里的人也都与时俱进了。事实上，在他进来的时候，屋里大多数人都摘下了帽子，或是站了起来。

"克莱顿。"迈克紧抓着帽檐跟他打了个招呼。马克递给克莱顿一瓶啤酒，他接了过来，没有道谢。

"抓紧时间开始吧。"

"好，跟我来。"迈克带着克莱顿穿过曾经的起居室。以前那里放着一台豪华大电视，就在屋子正中。现在只剩下靠墙摆的一排排弹药匣，还有塞满了长枪的大架子。他们穿过一扇厚重的橡木门。克莱顿还住在这儿的时候，从未获准进入过门后的那个房间。那是父亲的私人办公室——两个哥哥叫它"作战指挥室"。他们一进门，坐在光滑的老橡木桌左侧的三个男人就站起来。他们身着皮衣和牛仔服，显得和这里格格不入，和克莱顿一样，只不过休闲很多。他们站着，等着有人来互相介绍。克莱顿和其中一个名叫莫伊的握了握手。他矮胖身材，扎着马尾辫，手握起来就像死鱼。另一个人年轻一些，留着平头，双眼炯炯有神。他用双手握住克莱顿的手，介绍自己叫杰伊·马丁。他看起来不像是真的摩托车手，倒更像是个卖保险的，只不过穿成车手的样子。两人都穿着皮衣，上面缀着臂章，表明了他们在"杰克逊维尔豺狼摩托车俱乐部"里的等级。克莱顿一直都只能对这些人遥遥观望，现在竟然和他们握起了手。他不知道自己应该作何感想，只觉得很想来一支烟。这些人站在这间小小的会议室里，仿佛海拔抬升了一万英尺，就连空气都稀薄了一些。克莱顿觉得胸闷，而当他看见第三个也是最后一个要见的人正盯着自己时，胸闷得就更加厉害了。那是这帮人的老大。他比屋里其他人高了至少一英尺，皮肤像是花岗岩雕出来的。不光是皮肤，还有他的眼睛、嘴唇、指甲，都是一片苍白，就连他的牛仔衣也一样。他脑袋周围有些长了几天的头发茬子，和花白的胡须连成一片，让人猜不出他的年龄，既像五十岁，又像五百岁。他脸上带着皱纹，但并没有让他变得温和，或是让他显得脆弱、苍老。皱纹刻进了他的身体——就像水流经年累月地冲刷着岩石，在砂岩上留下了沟壑。克莱顿盯着这个灰白色男人的手看了许久才握住。这让他看起来很怂，他顿时明白自己犯了个错误。他很肯定。从他进门起，这个石头一样的男人就一直盯着他，已经把他看透了，他知道克莱顿需要鼓足勇气才敢和自己四目相对。他也会和克莱顿的父亲一样，把他看作是吓破了胆的兔子，而这会让他们都送命。他觉得嘴唇上方的汗水晕开来，仿佛把前额和脖子也润湿了。他眼角直冒金星，觉得自己快要昏倒了。

见鬼，克莱顿，振作起来。这是你老爸的房子，不能被他们吓坏。你怎么可以这样，你这个愚蠢的老混蛋。

"克莱顿。"迈克说着，扶住了克莱顿的胳膊肘，稳住他的身子。

"石头人"开口了："伯勒斯先生，我叫布拉肯·利克，是豺狼摩托车俱乐部杰逊维尔分部的主席，也是你们家族的朋友。"在这个巨人的手中，克莱顿的手看起来小得可怜，十分滑稽。只要布拉肯想，一把就能捏碎克莱顿的手骨，但这样的事情并没有发生。布拉肯紧握着克莱顿的手，过了许久，直到对方感受到"石头"下血液的温暖，才把手松开。

"我知道你是谁，利克。"

"我对此毫不怀疑，警长先生。"

"你们有何贵干？"

"大家不如坐下来谈吧。"迈克插话，示意克莱顿和几个车手落座。克莱顿起先想在布拉肯他们对面的椅子上坐下，但迈克小心翼翼地把他推到了桌首的大椅子上。克莱顿坐了下来，左腿不再吃重了，满脸都是掩饰不住的舒服。但还有一点，除了迈克，屋里其他人都没有注意到——那就是克莱顿此刻心绪难平，心头五味杂陈。他这把椅子是大哥哈尔福德的，之前则属于他们的父亲加雷思。而在他们所有人之前，他的爷爷库珀也正是坐在这把椅子上统领着整个伯勒斯帝国。他的胸中被一种滚烫的东西塞满了，他还不太适应这种感觉，或者说无法立即意识到那究竟是什么。没有人会真的相信，生命中有比金钱，甚至是爱更重要的东西，直到轮到自己坐上桌首的位置——直到他们真正明白，什么是权力。在那把椅子上落座的克莱顿感受到的正是——权力。迈克不禁露出了微笑，因为他看到克莱顿摘下帽子放在了桌上，似乎它本就属于这里。他身子往前一倾，又问了一遍：

"你们来——有何贵干？"

7

19 号辅路

"收到。"

达比·埃利斯副警长把无线电对讲机放回底座，小心避开路两边的水沟，把2002款福特维多利亚皇冠车掉了个头。感谢上帝，他想。他本来离自己的上司只有几英里了，但克里克特让他别跟了。比起跟着克莱顿，他倒更愿意去处理报警案件。

"白崖路上可能有个炼毒室。"克里克特告诉他。

"可能？呵呵。"达比对那个地方在搞什么鬼心知肚明，但至少现在他知道自己接下来要干吗了。

桑尼·科尔是个穷困潦倒的下三滥，成年后多数时间都在忙着进出监狱。如此这般循环往复，导致他的妻儿总是生活窘迫。他们容身的拖车就是这一事实的写照。很久以前拖车可能是白色或是米色的，但十年下来，霉菌已经爬满了拖车的每一寸地方，把整个长方体染成了暗绿色。拖车前面没有车停着，但这也说明不了什么，因为达比知道桑尼从来都没有车。他把家里的钱都拿去买了别的东西，比如烈酒、啤酒和毒品。达比把车停在拖车前门口，熄了火，下车戴好帽子。新上任的副警长还没把挺括的斯特森牛仔帽戴旧，而且他依然喜欢这顶帽子给他带来的权威感。达比一直都想当警察，如今终于梦想成真，可还有点没回过神来。他把衬衣后摆塞进裤子，确保自己形象体面，又抚摸了一下枪带上的手铐，把手轻轻搭在县里发的格洛克九毫米手枪上。他在拖车的塑胶玻璃门上敲了一下，没人回答，他又用了点力敲了一下。空气中充满了刺鼻的氨味，蜇得他眼泪都涌了上来。他低头看着台阶旁泥地上躺着的越野自行车，车身黏满贴纸，后轮旁有新压出来的辙痕。他揉了揉眼睛。

什么样的混蛋才会当着孩子的面做这种事情？

达比已经知道这个问题的答案了。他正站在这样一个混蛋的拖车前面。达比希望这不是一场家庭创业。自行车是桑尼的儿子雷吉的，但这孩子可能去了任何地方。达比按响了肩头的对讲机："克里克特，我这里没人应门，但里面肯定有鬼，我得进去打探打探。每五分钟跟你通个气。"

静电声。

"收到，达比。五分钟。多加小心。"

"哎哟，你担心我啦，姑娘？我喜欢。别担心，我三两下就完事，然后你就可以给我点个披萨、播个网剧，显示一下你到底有多关心我了。"

"专心点，达比。五分钟。"

"遵命，女士。"

埃利斯副警长后退着走下砖头门廊，掏出手枪，绕到拖车侧面。他跨过一组生锈的轮轴，避开刚拉的狗屎。他用空着的那只手掩住口鼻，挡开化学品和排泄物刺鼻的臭味。空气很闷，烟雾弥漫，但他还是能看到车后约莫二十码外有个棚子，是用镀锌钢板、钉子和刨花板拼凑起来的。棚子敞开的入口处挂了一盏日光灯，长长的亮橘色电线拖下来，从草地上蜿蜒而过，隐没在拖车后面。达比摇摇头，擦了一把眼睛。棚子是个露天炼毒室，显然桑尼·科尔并不介意别人知道这一点，因为里面正干得热火朝天。达比看见棚子里站着两个只穿内衣的男人，脸上戴着防毒面具，正把什么东西从大塑料壶往更大的塑料桶里倒。达比又擦了擦眼睛，看着他们把壶放在了地上，但定睛一看之后，他意识到这根本不是两个男人，而是两个孩子——两个小男孩。那不是桑尼·

科尔，而是他的儿子雷吉，还有另一个跟他差不多大的孩子。

"狗娘养的，"他轻声说着，把格洛克手枪插回了枪套，"原来是一帮熊孩子。"他从肩上抓起对讲机，但不等他按通话键，一声猎枪枪栓的响动让他僵在了原地。

"放开对讲机，小子，双手举高，否则我让你帅气的金发后脑勺开花。"

达比照做了，但放手之前，他按下了衣襟上麦克风侧面橘色的小按钮。求救信号直接发给了调度员——也发给了警长。"桑尼，听我说——"

"不，闭嘴。我没跟你闹着玩。现在退后，退到我叫你停为止。"

达比迟疑地后退了一步。

"很好。继续。快点。"

达比又退了一步，接着再一步、又一步，直到退到拖车一角的后面，看不见棚子为止。他感到有个金属的东西抵住了脊柱，心下一沉。

"感觉到了吗，小子？我觉得你退得够远了。现在慢慢转过来，手不许放下，让我看得见。"

达比转过身来，手放低了几英寸。桑尼举起猎枪抵住肩膀。

"你他妈把手举回去，举到原来那么高。"

"桑尼，我现在是副警长了。你这样不合适。"

桑尼往前一步，猎枪都快戳到达比脸上了："我不是叫你闭上臭嘴了吗？"

达比皱着眉头闭上双眼，任桑尼对自己上下打量。桑尼看见了副警长的警徽，笑了起来，把猎枪放低了几英寸："哎哟，瞧瞧这个狗屁玩意儿。克莱顿给自己弄了个拖着鼻涕的小混混当副警长？他还真是跟我听说的一样没用。"

达比慢慢睁开眼睛。桑尼·科尔瘦得像根芦柴棒，手拿沉甸甸的长枪站在那里，从廉价的一元店游泳眼镜后面盯着达比。他光着上身，只穿着脏兮兮的李维斯牛仔裤和中筒靴。虽然桑尼·科尔是黑人，却有个锃亮的光头，肤色也不深，身上都是一块块的灰蓝色监狱纹身，让他看起来更像是个纳粹光头党——准备去游泳的纳粹光头党。

"桑尼，我不是来找麻烦的，但我不允许孩子们继续在后面做那种事情。"

"既然你决定来这儿，又装作对我家地盘上发生的事情有发言权，那你就是来找麻烦的。"桑尼的来复枪管还保持在离达比胸口大约一英尺的地方，副警长依然双手高举。

"你儿子在后面炼毒，桑尼，而我是这个县里宣誓就职的副警长。也就是说我对你放纵孩子在后面胡作非为的确有发言权，而且就凭你拿枪对着我这一点，我就能再把你关进去——也许这次你就别想再出来了。"

桑尼只是站在那里，浑身抽搐，咬着嘴唇。

"你干吗不把枪放下呢？趁着还来得及，就此收手。我不是来让你们家人受罪的，老兄。我只不过想维持治安。"

桑尼塑料游泳眼镜后面黑色的双眼一定，继续抽抽着，咬着嘴唇，随后他开始微笑。微笑转而变成咯咯笑，又变成哈哈大笑。

"维持治安？你不是在耍我吧，小子？你《荒野镖客》看多了吧。这里没有治安需要维持。你那个警徽屁用没有。至于你老板——警长先生？他现在自己就是个山大王，根本不再是他妈的警察了，你这个蠢蛋也不是。赶紧撅着你的白屁股，上你的破车，从我的地头滚开，否则我绝对——"

拖车后面传出一声尖叫，两人都转过身去查看。是两个孩子中的一个在喊。达比和桑尼来到拖车边上，只见雷吉直冲着他们跑过来，手里拿着防毒面具。他们没看见另一个孩子，但棚子入口处蹿出一股火焰，里面又传出一声尖叫。接着另一个孩子出现了，他全身都被烈焰吞没了，刚走出棚子几英尺，就双膝跪地倒了下去。而达比也才朝雷吉走了几英尺，就被爆炸掀翻在地，眼前白茫茫一片——旋即陷入了黑暗。

8

梅多斯博殡仪馆，
博恩维尔城外，
佐治亚州

"他们真的就这么把乔乔的尸体扔在前院？"

"我听说是扔在门廊上。光天化日之下。"

"胆子真大。"

"那不是胆子大，老兄。是疯了。"

"我去，他们把库特的儿子当坨屎。或许还按了门铃才跑掉。"

"什么意思？玩黑鬼敲门？"

"嘴巴放干净点，唐尼，小心我对你黑鬼敲牙。"

"该死，泰特，我又没骂你是黑鬼。"

"说黑鬼就是骂我，傻逼。"

"你俩能不能小点声，给我和我妈一点面子？"库特·瓦伊纳瞪了两个表弟一眼。于是唐尼和泰特回到了互不搭理的状态，努力显得对乔乔的死亡不是那么漠不关心。不过他俩都不怎么喜欢那个小混蛋。就连他亲爹也几乎受不了他。他总是满嘴跑火车。你要是说你去月亮上兜过一圈，他肯定说自己都去过两回了。大家都知道他迟早会是这个下场。只是可惜了克莱德·法尔，还有其他几个孩子，都跟着他送了命。其实全家人都劝过他千万别去北佐治亚，但他是库特唯一的儿子，所以他们只好过来装装样子。更重要的是，他是特怀拉唯一的孙子，所以看在她的面子上，他们都把对这个孩子的吐槽咽进了肚子里。

"不好意思啊，库特。我不是故意无礼的。"

"我不管你是不是故意的，唐尼，"库特掏出随身带着的银酒瓶猛灌了一大口，揉了揉鼻子，"下次你要是再在泰特面前冒出'黑鬼'这样的词儿来，不管在不在教堂里，我都会让他在你的烂屁股上踹出个泥坑来。现在你也给他道个歉——声音小点——然后闭上你的臭嘴。"

唐尼低头看着自己的脏工装靴，两只脚搓来搓去。库特俯身过来，等着他开口。

"抱歉，老兄。"

"我让你对他道歉，笨蛋，不是对我。"

唐尼转身对泰特说："抱歉，老兄。"

泰特在长椅上直了直身子，抱着胳膊挺起胸脯。他喜欢库特站在他这边一次，虽然库特喊他"黑鬼"的次数比任何人都多。"这他妈就对了，你是该抱歉。"

库特坐好，打了个哈欠。狭小的礼拜堂里没人说话，只有牧师没完没了地念着悼词，说乔乔的痛苦如何最终得到了解脱。有几个脑袋总是瞅准时机点头赞同，就像木偶。但库特只是捋着自己淡金色的山羊胡子，又打了个哈欠。他知道那些来生必有善报的废话只不过是一堆狗屎。死了就是死了——仅此而已——死翘翘了。要是有人在这件事情上装高深，那就他妈是个白痴，白活了，还活不明白。

肥胖的牧师穿着浅蓝色衬衣，胳肢窝黑乎乎湿了一片，一直在擦拭额头上滴落的汗水。看起来，相比担心他自己永恒的灵魂，他更害怕在已故黑帮成员面前说错话。不管谁开支票买他的祷告，他念的都是这一套台词。这种牧师跟早餐麦片一样——全是糖，让你蛀牙，却打扮得像汤罐头，显得有营养，对你有好处。他让库特恶心。小学毕业以后，他就再也没去过教堂，或是这种礼拜堂。哪怕因为今天这样的原因来到这里，他也等不及想逃出去。他儿子朴素的木头棺材旁边围满了俗不可耐的塑料花，多得都能填满一个垃圾堆场——那也正是这场闹剧之后库特希望它们去的地方。他不愿意把那些垃圾中的任何一样运回家，虽然他知道母亲想这么做。

他从难受的木头长椅上往下一出溜，好让肩膀松快一些，又把腿伸开。他的西装是二手的，以前是他父亲的，但裁剪有问题，而且穿起来特别痒。他搋搋领口，松了松紧压着喉结的卡夹式领带，觉得幽闭恐惧得更厉害了。他坐在前排的"家属专座"上，夹在两个表弟和母亲中间。这些地方都会把逝者家中的女性长辈安排在过道座位上，挺好的，因为这样一来，特怀拉身边就有地方摆放她的便携式带轮氧气罐了，塑料管子也不会缠住别的东西。每过几分钟，老太太就会撩起面纱，把呼吸罩扣在口鼻上，跟她的肺气肿抗争。特怀拉·瓦伊纳已经是快入土的人了，身体也不好，但库特坚信，这个老不死的一定比他们所有人活得都长。

而且她还没有掉过一滴眼泪。

这让库特很恼火。他觉得，要是松木棺材里躺着的是他妹妹瓦妮莎的儿子，母亲一定会哭得一把鼻涕一把泪。但现在她只是带着一脸"我早说过了"的模样坐在那里，让库特恨不得躺在棺材里的是自己。他从外套内袋里往外摸威士忌，但特怀拉把一只冰冷、干瘦的手伸了过来，放在他的膝头。她指关节上的皮肤薄得像纸一样。她从轻薄的黑色蕾丝面纱后面盯着库特，无声地警告他别把酒瓶掏出来。这也让他很恼火，但他照做了。她轻轻把头靠在他的肩膀上，在他耳边微微喘了口气。她还没开口，他就知道她要说什么。

"你妹妹人呢，丹尼尔？"她耳语道。

库特回头张望，在他的朋友们和无数人的面孔间寻觅着——这些人只不过是来拍他和母亲马屁的——想看妹妹是不是偷偷溜进来坐在了后排。她不在。

"我不知道，妈妈，但她说过她会来，所以一定会来。你了解贝西·梅的。她跟别人不一样，不按常理出牌。"

"她侄子死了，丹尼尔。你儿子。"

"我知道，妈。"

"我孙子死了。"

"我知道，妈。"库特把手放在她的手上。

"她应该和我们一起坐在这儿。"

"我知道，妈。"

特怀拉把头从他肩膀上抬起来，从氧气面罩里深吸了一口气。她慈爱地拍了拍库特的腿，像是在夸他"好孩子"，他越来越讨厌她这个样子。然后她把手从库特腿上拿开，两人接着听脑子被基督烧坏了的销售人员演讲。安排这出戏——教堂啊、牧师扯淡啊——都是为了特怀拉。她需要，所以库特才容忍。他自己那出戏随后才会上演。等到家中摆过丧宴、池塘边饮过丧酒，才到他出场的时候。那时他才会策划真正的狂欢。只有想到这一点，他才能暂时按捺住胸中涌动的盛怒。他坐着，等台上汗流浃背的胖男人说完最后一声"阿门"。

9

大院

"疤瘌迈克"手下有一个小伙子,他左耳生了一圈疤,脖子上长着巨大的粉红色肿块。这人走进作战指挥室,在桌上放下一壶冰茶、一碗果园里新摘的苹果,还有一摞红色的一次性塑料杯。

"谢了,坦克。"

"不客气,迈克。"

多么好客啊,克莱顿想。南方黑帮还没忘本。

"来点更够劲儿的?"克莱顿说着,冲坦克晃了晃空啤酒瓶。

"没问题,伯勒斯先生。"

坦克出去了。克莱顿的注意力又回到了桌旁的人身上。

"这样吧,利克,我们有话直说如何?你们为什么要来?"

"恕我冒昧,伯勒斯先生,但我想你已经知道我们来的原因了。"

"我们先别想当然。就当我是个什么都不懂的三岁孩子,我问什么,你答什么。"

布拉肯石头般的面庞上泛起一丝微笑。

"我的话很好笑吗?"克莱顿觉得心跳加速了,但还是不动声色。

"没有,伯勒斯先生,我不是笑话你。只是有点奇怪,你居然这么像——"

"像谁?我大哥?听着,我们把话说清楚。我不是我大哥。哈尔福德是个自私鬼,不关心任何事或任何人,除了他自己——而且他是个毒贩子,把这座山变成了其他毒贩子的庇护所。你在怀旧之前最好搞清楚,我和他完全是两种人。"

迈克在座位上不安地动了动。坦克拿着一罐私酿胡桃威士忌回来了，还有一个威士忌酒杯，已经倒上了半英寸高的新鲜威士忌。他刚把这两样东西放在桌上，克莱顿就迫不及待地干掉了杯中酒。大家都没说话。他把空杯子放下："我一点都不像我大哥。"

莫伊示意杰伊把酒瓶给他推过来。

"对，"布拉肯说，"你并不像你大哥。我刚才想说的是，你让我想起了你父亲。"

这个类比克莱顿好像也不怎么喜欢，但他没说话。他喝了威士忌，脸涨得通红，好一阵子才从后劲里缓过来。他已经忘了山上的酒有多烈，但他示意还要酒瓶。等莫伊给自己倒了一点，杰伊就又把瓶子推给了桌首的男人。

"听着，利克。联邦调查局突袭了这座山上你和哈尔福德所有的炼毒室，把它们都关了——永远关闭。大麻也都枯死、晒干了，现在这里全都处于政府的监视下。山上的生意结束了，所以就算我有兴趣让你们重起炉灶——其实我并没有兴趣——我也不能这么做，哪怕我想也不行。都玩完了。公牛山已经衰败了。"

"这些我都了解，警长。我们并不想在你们的山上再生产任何东西。"

克莱顿看了看迈克，又倒了一杯酒。这个回答倒出乎他的意料。他端详着利克的脸，但什么也看不出来。他也已经忘了这酒会让他的感觉迟钝得多快。"那你来干吗？"

"你问什么，我答什么。"布拉肯重复了一遍克莱顿的话。"重点就是，"他说，"我们花了好些年建立起经过这里通往田纳西州和南北卡罗来纳州的路线，我的俱乐部依然需要这些路线。亚拉巴马州我们自己可以搞定，但是哈尔福德和你们父亲以前在这个地区经营的关系都在迅速萎缩，包括你们的州警、佐治亚州高速公路巡警和其它所有州级执法机构。你所处的位置非常独特，可以帮助我们维护这些关系，甚至比你的前任维护得还要好。"

"我的前任？"

"很抱歉，伯勒斯先生。重申一下，我并无半点冒犯之意，只是想避讳。我指的是你的大哥。"

克莱顿挥手打断了他："我独特的位置就是，我碰巧是这个县的警长。"

"是的。我们花费大量的时间和财力，建立起从瓦尔多斯塔到盖特林堡的巨大盲区，这个区域对我们的生意至关重要，被看作是通往许多其它我们生意所在地的门户。我们需要这个盲区继续盲下去，而且我们需要以前获得的那种安全保障，以继续运作。"

"运作什么？"

"这就是我们自己的事情了。"

"不，既然你想从我们山头过，那这就是山上所有人的事情。这个问题很公平，屋里每个人都要回答，这样大家才知道究竟该不该继续谈下去。我已经告诉过你了，我不会帮忙重启山上的冰毒生意，哪怕只是让我们警察局在你们运货路过这里时睁只眼闭只眼也不行。如果这就是我们现在要谈的生意，那跟你们之前的生意也没什么区别，而我的回答是不行。"

"跟冰毒无关，伯勒斯先生。我们俱乐部已经转型了，做合法买卖。在田纳西和北卡罗来纳有一批医疗专业人士，里面有我们的联络人。他们想拓展业务，所以需要我们帮忙。而且只要给他们行了方便，他们就愿意付钱，金额丰厚，源源不断。"

"医疗专业人士？"

"对。"

"他们想拓展什么业务？"

"他们已经运营了好些诊所，还想再多开一些。"

"诊所?"

"是的。"

"专门治疗疼痛吧，我猜。"

杰伊和莫伊交换了一个眼色，又瞟了克莱顿一眼，很是佩服。

"你猜对了。"布拉肯说。

"你说的是奥施康定。"克莱顿说，布拉肯连眼睛都没眨一下。克莱顿开始觉得他根本就不会眨眼。他不用再哄别人开口了，而是自己猜出了剩下的部分："所以你需要一个安全通道，把从佛罗里达州偷来的药转移到我们北边的诊所去。"

"对，的确如此，只不过药不是偷来的，是买来的。"

"好吧，随你怎么说。哈尔福德和警察的交情让他们不会去追你们，而迈克能控制住不安分的本地人，不让他们在你们运货经过时打劫，对吧?"

"对。"

"你管这个叫合法?"

"我管这个叫进步。"

"你还把自己打的算盘告诉本地警长，就因为我碰巧也姓伯勒斯? 你真有种啊。"

"不，警长。这不是有种，也不单单是因为你的姓氏。而是尊敬。对你父亲的尊敬——还有你大哥。"

"我告诉过你了，我不是哈尔福德。我的确是警长，但我谁也不认识——没有那种交情。"

"迈克可以帮忙。"

"那干吗不直接跟迈克谈?"

"因为迈克知道自己的座次。"

克莱顿等着看"疤瘌迈克"面露屈辱，但并没有。迈克只是又点了点头，表示同意。

"我的家族。好吧。你说这事儿成不成只要我一句话就行？就这么简单？"

"是的，警长。你可以不由分说让我们滚蛋——就这么简单。"

克莱顿毫不犹豫地说道："好，那么——不行。"他任凭这个坚定的字眼回荡在大家头顶上，仰脖干掉了第二杯酒。他放下杯子，摩挲着木头桌子上的一个结节，仿佛在示意会议即将结束。"就是这样。孩子和穷人手中的麻药对我来说都是一样的，不管它们产自这座山上的浴缸还是印度的实验室，我都不会参与。所以如果你对我说的是实话，而且这件事真由我说了算，那么我的回答就是不行——绝对不行。"

屋里一片沉默。克莱顿本想再说一次，可没必要了。

"长官，且容我插句话，"杰伊平静地说道，打破了沉默，"合法的处方麻醉剂是不会开给孩子的。而且警长，实不相瞒，贫困人口可以从附近任何一家沃尔玛超市或地方药店买到同样的药物。所以我也不知道这和我们的提议有什么不同。唯一的不同就是你会让那些有钱有势的大公司赚得盆满钵满，而这些钱本可以拿来为你们自己人谋福利。"

"真会说漂亮话，小子，"显然克莱顿酒劲上来了，开始变得无所顾忌，"合法的处方麻醉剂？"他往前一倾，靠在了橡木桌子上，"杰登，对吧？这个名字也很漂亮。我问你，杰登，你觉得我他妈是笨蛋吗？"

"等等，克莱顿，"迈克插了进来，免得越吵越厉害，"也许你该让布拉肯他们解释一下，为什么这种合作不仅有利于这间屋子里的人，而且对山上所有人都有好处——包括凯特和埃本。"

克莱顿眯起双眼看着自己的疤瘌脸朋友："你想提多少熟人的名字，尽管提好了，迈克。这件事成不了。"

"哎哟，别啊，我倒是想听听。"

大家转过头去。马克·图利一直靠在门旁边，这会儿把脑袋探了进来："我说，干吗啊，克莱顿，人家大老远来的。至少我们可以听听他们要说什么再把他们打发走。对吧？"马克在迈克身旁坐了下来，似乎没把自己当外人，还倒了点冰茶。除了他，还没人碰过那个挂着冷凝水的罐子。克莱顿往后一靠，抓了抓胡须。他喜欢图利这个家伙。不情愿，但的确喜欢。布拉肯等着，直到克莱顿允许自己接着说下去。

"好吧，利克。你还有什么要告诉我的？满足一下图利先生的心愿吧。"

马克抿了口茶，对克莱顿点点头："谢了，警长。"他转向布拉肯："说吧，大块头。这张桌子归你了。"

克莱顿差点笑出声来。

"好的，图利先生。你知道，你们这座山上有个大问题，我们可以帮你们解决。"

"愿闻其详。"

"哈尔福德不幸身故，又加上联邦突袭夺走了哈尔和他父亲在这里创立的一切，山上成了一片真空——如果你愿意的话，也可以称其为一片空白——这样一来，一群特别难对付的家伙就会想来填补这个空白。眼下这个黑洞正吸引着大批恶狼径直来到你们门口，主要是因为你们的姓氏。这些人知道伯勒斯组织已经垮了，所以想自己重建毒品产业和现金流。最后一个还活着的伯勒斯对他们来说是个威胁，现在是，以后也永远是。"

"这些事我自己能搞定，利克。"

"我指的不是你，警长先生。我说的是你儿子。"

克莱顿没吭声。

"你不能装作不知道有这回事，伯勒斯先生。几天前，你才刚和我说的这种人发生过冲突。"

克莱顿狠狠地瞪了"疤瘌迈克"一眼。迈克只是耸了耸肩，点头表示同意。

"这种事情会没完没了的，"布拉肯说，"我知道。做这种生意的遇到这种事情，我见得多了。是的，这就是一种生意。你想把自己的角色定义为治安的守护者，让公牛山远离冰毒吗？那就跟我合作。我可以帮你实现。有句话怎么说来着？'土地如果不维护，杂草害虫来光顾。'"

"你以前没少下地干活儿啊，布拉肯？"马克从碗里抓起一个苹果。

"我父亲用六十英亩的橙子园养活了我们，图利先生，但那跟这件事没关系。重点在于，像你这么聪明又有来头的人应该跟我一样清楚，这种真空状态如果再不管理，你要对付的问题就比来自博恩维尔的几个小子要糟糕得多了。会死人的——你的人。你不想那样。我也不想。"

这一球马克让克莱顿去接了。"你能给我们什么，布拉肯？枪吗？"克莱顿夸张地环视了一圈屋里已经有的军火，"我们还需要多少枪呢？"

布拉肯胳膊肘撑着桌子，身子往前一倾："警长，联手对付你的人和你一样，也有成卡车的霰弹枪和来复枪。区别在于，只要他们愿意付钱，对你倒戈相向的人会越来越多。迈克越来越难劝他们留下来了。不信你问他。"

迈克再次点头表示同意。

"所以，枪？是的，我可以提供军火，把哈尔福德死后政府没收的那些都补上。我还可以再派一个分部的'豺狼'来增援人手。但最重要的是，我可以带你们家族一起跟北边的那些医生做生意。你们可以赚大钱，手里有了钱，本地人也就消停了。我可以帮你们山上渡过难关。"

屋里再次陷入了沉默。马克抿着茶。他还掏出了小刀，把苹果切成一片片的，吧唧着嘴吃了起来。看他这么轻松，克莱顿开始恼火了。

"那你为什么还要问，利克？"

"我不明白你的意思，警长。"布拉肯靠在了椅背上。

"我也不明白。我是说，干吗还要问我们？干吗不进来打一通枪抢走好了？把路线抢走，统统拿走，干吗还要考虑我的想法？"

"因为家人很重要。"

"我们不是一家人，利克。"

"血缘上不是，正如我和我身边的两个人也没有血缘关系，但我却愿意为了他们中任何一个献出生命，他们对我也一样。家人在我的世界里不只是血亲，警长，而且我的俱乐部很早以前就已经和你的亲人同吃一碗饭了。这对我的俱乐部意义重大，对我更是意味着一切。我不是你的敌人。"

"你口口声声说着我的家族，好像他们真的把我当家人看一样。我来告诉你一件关于家人的事吧，利克，"克莱顿好斗的一面开始显露出来，口齿也有点不清了，"你还记得 1985 年这里发过的那场大水吗？"

"克莱顿，也许现在不是说这个的时候。"迈克把手搭在克莱顿的胳膊上，但警长一下子抽开了胳膊。

"不，迈克。这位老兄对我的家族充满了尊敬，那我就跟他说说我的家人。"他看着布拉肯。

"我记得那场洪水，让我和你父亲的生意耽搁了好几个月。怎么了？"

马克坐直了身子，想知道那场洪水到底和这一切有什么关系。

"雨下疯了，整个山谷都被淹了。我们当时还是孩子，"克莱顿看着马克，"你那时还在这儿吗？你记得吗？"

"嗯。我在回忆。"

"雨下了好多天，就像世界末日一样。我记得很清楚，恍如昨日。"

"克莱顿——"迈克想把克莱顿拉回现实。

"先等等，迈克。听着，这很重要。"克莱顿斜了布拉肯一眼，"家人很重要，对吧？"他反将这句话还给了那个大块头男人。布拉肯似乎并不介意听他讲下去，这是件好事，因为迈克知道一旦伯勒斯家的人突然换了个话题，大家不管愿不愿意都得听下去，于是他往后坐了坐，在桌子下面伸开了双腿。

"我当时十一岁，"克莱顿说，"还不认识凯特——可他或许认识。"克莱顿把杯子冲马克一点，但马克并没有做出任何反应。"我对那个夏天和那场大雨记得那么清楚，因为那是第一次哈尔福德想要杀了我。"

"克莱顿——"

这次警长完全无视迈克的打岔，只管往下说。

"雨下得熊溪发了大水，水势跟密西西比河一样汹涌，从山上直泻而下。流经克拉克山的时候灾情很严重，沿途的拖车和活动房屋都被冲跑了，最后就连维莫尔的主街都被淹了。克拉克山从此再也没有恢复原状，"克莱顿略一沉吟，接着说了下去，"房子里各种东西顺流而下，漂得到处都是。书啊，家具啊，洋娃娃啊，马桶刷子啊……应有尽有，一片混乱。不管怎样，巴克利想出了一个疯狂的主意，说我们应该抓个东西当筏子，顺着水流一路漂到维莫尔去。他说我们可以去主街打劫，因为镇上大多数人都疏散了。见鬼，我那时甚至连劫是什么都不知道。但我答应了，这样才能和我哥一起玩，因为大部分时间他都不待见我。巴克利给他自己找了个旧的灯芯绒沙发靠垫，而我找了一个很大的圆形塑料垃圾桶盖子。刚开始超好玩。溪水流得很急，每次我们一下水就会被冲到约翰逊峡谷弯道的沙地河岸上。我们先摔到沙地上，又滚进草地和树丛，身上脏得吓人。而且那是为数不多的一次我看见巴克利笑了，却不是因为捉弄我。"克莱顿又倒了点酒，把酒瓶推给莫伊，桌上唯一一个也在喝酒的人。

他在父亲的椅子里越坐越舒服了。"我们试了几次错，终于掌握好了操纵垃圾筏子的技巧，觉得可以过弯道了。我们一直爬到红石山上，才把筏子扔进水里，这样才有足够的速度推动我们，然后又试了一次，"克莱顿抿着威士忌，"那是我这辈子玩得最开心的一次。"说完，他靠在椅背上陷入了回忆，抓着脖子和胡须。

"然后呢？"莫伊脱口而出，就像听故事的三年级小学生。马克看胖车手急着听他新酒友故事的结局，差点儿笑出了声。

"然后就是——我们冲过了那个该死的弯道，"克莱顿说着，还有些失神，但随后又把思绪拉了回来，"我们终于成功了，但那个垃圾桶盖子是圆形的，我在上面一直打转，像个玩具风车。直行的时候我还能控制得住它，但之后我撞上了一根巨大的树枝——或者可能是木头——我也不知道，但不管是什么，都是被雨水冲下来的，莫名其妙冒了出来，横躺在溪流的一侧。我刚看清，就一头扎在了那个破玩意儿上。我脑袋撞惨了，彻底停了下来。垃圾桶盖子从我身下翻上来，被溪水冲走了，我在那根木头上越缠越紧。我被狠狠地顶在树枝上，但水流却一直把我往下拖，冲得我两腿笔直向前，而我连把腿放下的力气都没有。水冲走了我的靴子，感觉像是要把我的脚从脚踝上吸走。巴克利过了弯道，但躲开了我撞上的那根树枝。我最后看见他的时候，他正回头看，喊着什么，但他速度太快，停不下来了。几秒钟后，他就不见了。"

布拉肯也显得挺感兴趣的，还给自己倒了杯冰茶。

"总之我往水流里越陷越深，直到脚被下面什么东西卡住，撑住了身体，但我的脸已经没进了水里大约半英寸。我不能呼吸。我用力伸脖子，都快抻断了，但还是无法摆脱水面。每次呼吸都会吞下一大口恶心的河水。"

"溺水是个可怕的死法，"布拉肯说。这让克莱顿想起了被他留在焦胡桃池塘旁边呛水的小伙子，不知道布拉肯是不是故意这么说的。

"仅次于被烧死。"马克边喝冰茶边说，布拉肯身子一僵。迈克又在座位上动了动。克莱顿不明白他们怎么了，但他喝多了，所以不在乎。他接着说了下去。

"我可以透过水面看见上面扭曲的天空和树顶，那是当时的我有生以来最害怕的一次。我不能呼吸。我觉得我要死了。我知道我要死了。我站不起来，无法挣脱。我什么都做不了。我确定我就要玩完了，但难过的是我记得自己当时在想，要是我父亲发现他不想要的那个儿子淹死在约莫四英尺深的水里，该有多么欣慰啊。"

"一个小孩子那么想，太可怕了。"

"布拉肯，我父亲从不在乎我们的死活，他只关心我们是怎么死的，死得应不应该。"

"那不是我认识的加雷思。"

"问题就在这里。因为他们不是你的家人。"

"但你没死。"

"对，没死。"

"所以后来怎么了？"

"我挣脱了。我也不知怎么了，可能是树枝动了一下之类的，然后我就爬上了岸。"

"所以你凭什么说那天是有人想要你的命呢？你说那是哈尔福德

第一次——"

"他在现场，"克莱顿突然愤怒地坐直了，"就在那里，坐在几英尺之外的一个破树桩上，眼睁睁地看着一切。"

迈克往前坐了一点，想要说话。

"不，迈克，"克莱顿厉声阻止了他，"那个狗娘养的就坐在那儿看着——等着我淹死。别说他想救我或是他搞不清状况。不要为他辩护。他是看见我沉下去，才坐下来看戏的。等到我不再干咳，又能呼吸了，我就看见我大哥站了起来，拍了拍裤子上的泥，走了——他很失望。那就是我大哥，利克先生。那就是你尊敬的家族。那就是为什么我的答案是不。我的家族一直都是住在这座山上的人们的负担，现在负担终于解除了，我要是让这一切重新开始，那我就成了罪人——更别说让我主动参与了。"克莱顿把椅子往后一推，站了起来。他的腿疼已经让位于愤怒了。"会开完了。"

布拉肯端详着他，点了点头："那好吧。我得打个电话。"

"当然。"迈克说着，站了起来。克莱顿都快走到门口了，才发现自己的随身对讲机闪着橘色的灯。开会前他把对讲机调成了静音，但那个指示灯意味着有人触发了他们的应急响应系统，而整个县里除了他只有一个人会这么做。他把音量旋钮调大，按了通话键。

"克里克特，什么情况？"

静电声。

"警长，你去哪儿了？"她听起来快疯了，"我们接到好几个报警电话，说白崖路上发生了爆炸。"

"就是我们派达比去的地方？"

"就是你派达比去的地方，对。十分钟前他就失联了。克莱顿，他出事了。"

"快派消防过去。"

"我已经派了，长官。还没消息。"

"该死。我现在过去，"他把对讲机插回腰带，"迈克，开门。"

"遵命，长官。"

他妈的，克莱顿。你本该对那个小伙子负责，但你却让他去冒险，好自己来当山大王。你究竟怎么了？要是达比·埃利斯出了任何事，都是你的错，你这个老笨蛋。

克莱顿瘸着腿，尽可能快地冲向野马汽车。

"克莱顿！"迈克从门廊上喊道，警长回头看着他。

"怎么了？"

"那天在小溪那儿，不是你想的那样。我的意思是，事情是那样，但不是你想的那样。"

"我不在乎，迈克。"克莱顿猛地关上卡车门，朝白崖路开去，那是他一开始就该去的地方。

10

南岭下的伯勒斯狩猎小屋

"豺狼"们来到公牛山峰下几英里处的小屋，布拉肯挥手示意莫伊和杰伊进屋，自己默默站在门廊上。夜晚空气稀薄，一丝微风吹过颈间，给他带来了些许舒适。他讨厌这个州的湿热。佛罗里达气温也很高，但回到家乡，空气中的咸味总会提醒他，自己离大海和与之相伴的自由感有多么近。长丝带般的沥青公路和开阔的空间是对锅炉热风天气的补偿。但在这里可没有妥协。在湿热的打击下，你只能投降，哪怕在阴凉的地方也一样。尽管已经跟这种糟糕的感觉打了几十年交道，他却从来都不曾适应。

　　他想去骑摩托，不戴头盔，没有负担，无忧无虑，风吹在脸上，身后就是海滩——但那一天还很远。他会一直困在这种大山文化的迷雾中，直到最近一笔生意做成。是啊，生意总是做不完的——问题也总是处理不完。而现在，又出现了另一个姓伯勒斯的男人——和他的前任们一样固执——挡在他下一次骑车远游的路上。布拉肯解开夹克的纽扣，希望胸口也能吹到些许微风，但很不走运，这样反而让一股股黏答答的汗液顺着身体流下来，只有冲个澡才能舒服一点。他站在门廊边上，望着远处的林子，按下了卫星电话上的一个加密号码。

　　"请讲，布拉肯。"接电话的是一个女声。

　　"目前伯勒斯家族选择不干。"

　　"真遗憾。"

　　"是的。看来他们家的小弟没兴趣让家族产业继续存活下去。"

　　"他知不知道这次会议只是走个过场？我们并不是真的需要他批

准。他既然说了不，那就是他自己也没有兴趣继续活下去了？"

"我觉得我们还没到需要威胁他的地步，瓦妮莎。"

"我以为你要求开会的时候已经胜券在握了。你跟我说那是板上钉钉的事情。"

"我是这么想的。这对他来说是一步好棋——对山上的所有人都是。"

"你的礼数就到此为止吧，布拉肯。现在那里有个不按常理出牌的警察，对我们要干吗知道得一清二楚。"

"不是这样的。他没有兴趣阻止我们。他只是不想参与。他并没有表现出任何不敬。"

"但他不接球啊。"

"这是他第一次上场。他大哥的事情让他一直笼罩在阴云里。我相信他只是还没想清楚。"

"我没有时间等他想清楚。"

"我仍然相信我们应该这样。"

瓦妮莎沉默了片刻，又带来了一个坏消息："我想你已经听说了山上的抢劫案。我猜那对谈判没什么好处。"

布拉肯换了只耳朵听电话："你怎么知道的？"

"我相信我应该对那件事负责。"

"什么意思？"

"我是说，那是我的白痴侄子和他那帮朋友干的。上次我回佐治亚州的时候——也就是我第一次听说伯勒斯家族在山上的生意的时候——那个蠢货一定是无意中听到了什么他不该听到的东西，想擅自行动，去找那个东西。"

"你侄子？你是说酒吧劫匪里有一个是你家人？"

"不光有一个家人，布拉肯，这个家人还被你的警长朋友杀了。"

大个子骑手闭上眼睛，抓了抓脖子上的白胡茬："老天爷啊，瓦妮莎。你怎么能让这种事情发生呢？"

"谢谢你的同情，布拉肯。"

"我可没空同情你。这件事的后果可能会让我们前功尽弃。你怎么这么不小心？"

"别激动，老先生。局面我能控制。"

"是吗？"

"布拉肯，我尊重你，也尊重我们一起做的一切，所以我原谅你的语气，但不要忘记这里谁的风险最大。这是我的生意。我让你参与进来，是因为你和那些红脖子有交情，可是到目前为止，那些交情屁用不顶。所以你少来管我。我家的事，我自己会搞定。"

"你说他是你侄子，那就是你哥哥的儿子？"

"对。"

"我还从来不知道有人能搞定准备开战的库特·瓦伊纳。"

"你怕我哥吗，布拉肯？"

"现在不是游戏时间，瓦妮莎。"

"说得对。对不起。听着，把你说你能办到的事情小好，剩下的我来处理。库特不会找我们麻烦的。"

"你这是要让我对你非常信任，瓦妮莎。比我开始预想的还要信任。"

"我知道。"

"你知道辜负这种信任的后果吗？"

电话那头沉默了。布拉肯透过小屋一扇窗户破掉的木板缝隙看着莫伊和杰伊。

他们正在说笑。布拉肯感到自己宽阔的双肩上承载着对他们的责任。他转身面朝林子，压低了声音："我相信警长还需要时间。他还没准备好对自己承认山上的情况会坏到什么程度，或是他能扮演多么重要的角色来阻止这种情况发生。他会想明白的。他别无选择。他只是很倔，山上的人都这样，我都习惯了。"

"行，"瓦妮莎简短地答道，"还有一件事是什么？"

"我们打探到了一件事。我们来了以后一直小心行事，因为我们的首要任务是重新打通路线。但这里为首的人中有一个我不认识，所以杰伊做了一些调查，结果发现他是个'追捕者'，来自亚特兰大。他挺有本事的，大家也都说他能办成事。"

"他叫什么？"

"马克·图利。他是杰克·帕森的人。你知道杰克吧？"

"当然。东南这一片人人都知道他。"

"好。所以说，我们面对的不再是一种可能性，而是一件板上钉钉的事情了。图利是本地人，但他几个月前才刚刚入伙。我觉得他入伙应该就只有那一个原因了。"

"所以对我们不利的就是时间更紧了。"

"我们应该是无往不利的。就算有不利因素，图利的出现只会进一步证明我们都应该精诚合作。"

"好吧，所以你才过去，对吗？"

"是的。"

"那好吧，继续努力，我们回头见。"瓦妮莎挂断了，布拉肯把电话塞进了口袋。他看了看自己的摩托车，叹了口气。他只想去骑车。

11

白崖路

桑尼·科尔拖车所在的地方现在看起来就像是战场。拖车还在，但塑胶玻璃窗全炸飞了，草地上到处散落着还在燃烧的碎片。克莱顿把野马车停下，下了车，但没熄火。他从一小片一小片还烧着的地方穿行而过，但被一组轮轴绊倒了，没受伤的那只膝盖扎进了一堆狗屎里，就是他的副手刻意避开的那一堆。他本来应该觉得恶心，但现在根本没时间恶心，因为他看见了地上的两个人。桑尼·科尔和达比·埃利斯都四仰八叉躺在草地上。副警长烧焦的帽子就躺在离克莱顿摔倒处不远的地上。这两个人里，克莱顿只关心一个。他连滚带爬地来到那个人身边，飞快地检查了一遍副手的身子，拍着他的腿、胸口和胳膊，又抓住达比的肩膀用力摇晃着：

　　"达比！醒醒，小子。不要吓我。达比！"

　　达比一开始毫无反应，但身子重重地在地上撞了几次之后，他呻吟起来，克莱顿立刻感到如释重负。副警长一阵猛咳，咳出一股棕色的口水，喷在克莱顿的衬衣上。他想说话，但说不出来。空气里都是酸味，克莱顿觉得眼睛和喉咙都在灼烧。

　　"别说话，伙计。克里克特已经派救护车来了。你会没事的。坚持住。"

　　达比从地上把身子撑起几英寸，克莱顿想要阻止他："放松，孩子。救援已经在路上了。"

　　达比抽开身子，举起胳膊指着拖车后面熊熊燃烧的火焰，哽咽着憋出两个字：

"孩子。"

克莱顿一看，地上还有两个人——体型更小。"哦，老天。"他放开副手，朝那两个男孩走去。没走多远，空气中的化学烟雾就让他停下了脚步。他觉得喉咙一紧，好不容易才吸了一口气。他拉高领口，遮住口鼻，但并没有继续往前走。他跪了下来，双眼刺痛，流下了眼泪。他擦了擦眼睛，模糊的视线中现出了那两个男孩，只不过他们不是男孩了。他们成了烧焦、蜷曲的肉块，躺在坑坑洼洼的草地里，和散落在院子里变形、冒烟的碎片混在一起，几不可辨。他祈祷那不是雷吉，但他知道那就是。他吐在了草地里，脑中浮现出几天前雷吉在波拉德街角便利店的样子。他又吐了，但光是干呕，除了胆汁什么都吐不出来。他能听见警笛声过来了——越来越近——但对这些孩子来说已经太晚了。这座山就是悲剧的轮回，永不止歇。谁也不曾被饶过——即使是孩子。

他最终强撑着站了起来，脸还裹在衣领里。他回到达比身边，把他的头和肩膀放在自己大腿上。他看见了救护车闪着的灯，大声呼喊起来。他瞥了一眼桑尼·科尔，又冲着急救人员大喊起来。他不知道桑尼是不是还活着，但如果他把任何医疗救助浪费在那坨屎身上，而没有先救达比，那他就太该死了。他低头看着副警长颧骨上慢慢浮现的淤青。

"头儿，克里克特一定很生我的气。"

"她会缓过来的，孩子。我保证。"克莱顿吹了一声口哨，两个身着麦克弗斯县制服的年轻医护人员把达比从他大腿上抬开了。"更何况，"这句话他更像是说给自己听的，"这不是你的错，而是我的。"

12

跛溪路

马克第三次打来电话的那个晚上，凯特和克莱顿还挺融洽的。几天前白崖路出了件事，几个本地孩子死了，克莱顿的副手也进了医院。那件事他并不想谈，但就像这个县里发生的所有坏事一样，他还是把它怪到了自己头上，而且之后他待在家里的时间也多了。不过在那之后，他酒喝得少了，所以她决定，如果他不想透露细节，她也就不多打听。两个人不吵架，她已经很欣慰了。电话响起来的时候，他们正在看一部尤尔·伯连纳主演的意式老西部片，已经看了四分之三。马克自从几天前突然打来电话之后，就一直在约她出去。现在他又打来了，即使很清楚克莱顿在家。他仿佛在考验她，看她是会说谎，还是让他滚蛋。

他在电话那一头说话的时候，她在纠结要不要告诉克莱顿她的前男友回来了，然后让克莱顿去处理。但通话快结束的时候，她已经答应了要去见他，并且编好了谎话。如果这是马克对她的考验，那她没有通过——输得很惨。但她和克莱顿在一起这么久了，而且她是不会允许某个前男朋友把克莱顿打回恶性循环状态的，所以她决定去见他，还要亲口告诉他，不管他这二十五年去了哪儿，请他打哪儿来回哪儿去，别再来纠缠她。至少她想让自己这么去相信。

马克挂断了电话，凯特把话筒搭在肩头，看埃本揉搓爸爸胸口的伤疤。这一年来，克莱顿把红铜色的头发留长了，宝宝一拽，他眉头一皱，笑了起来。她已经好多年没听过他这种笑声了。她也差点儿笑了，觉得自己真是太蠢了，在这样的夜晚居然要去做那种事情。但也许过了今晚，等她彻底打消了马克的无聊念头之后，书房里的笑声还会回来，永远留在他们家中。另一个房间里、沙发上的那个快乐家庭是她一直祈求拥有的，但现在她居然想了个借口要离开。真是讽刺。她觉得自己好像步入了《迷离时空》的剧集，只不过她和克莱顿的角色颠倒了。她开始觉得难受，但手中的话筒嘟嘟作响，让此刻的感觉更为尖锐，她赶紧挂断了电话。不过她这么做也有几分成心的意味，仿佛她理应拥有属于自己的秘密。

"查梅因急需一点闺蜜时间。"她说着，从门口衣柜里抓起自己的外套。

"现在？时间有点儿晚了吧？"

"克莱顿，我爱你，但要是让我再看一遍这部傻电影，我觉得我可能会离家出走，再也不回来了。"

克莱顿看起来很受伤："这可是部经典啊，宝贝。"

"只有你这么觉得。"

"那我们换一部吧。找点别的。"克莱顿笨手笨脚地在沙发上摸着，找到遥控器，递了过来，"喏——"

"不，亲爱的，还是你们两个男人培养一下感情吧。我很快就回来，"她摸了摸埃本的脑袋，"也许你可以说服他，这部催眠神剧是经典。"

"我的心都要碎了，老婆。"

她抚摸着他胸口和肋骨上纵横交错的伤疤。"我想你会挺过去的，"她朝沙发俯下身子，亲了亲两个男人的额头，"我很快就回来。"

"没所谓啦。反正到时候我们都睡了。"

凯特指着电视："就凭这个，我一点都不怀疑。"

克莱顿翻了翻眼睛。

"把他放回小床之后，听着点婴儿监护器。"

"我一直都听的，凯特。"

她微微一笑。她怀疑他连怎么打开它都不知道。

13

熊溪北部流域

凯特坐在马克丰田坦途皮卡车的副驾驶座上。这是麦克弗斯县最新，可能也是最贵的车，她尽力不让自己盯着他看。她刚把自己的吉普车交到两个男人手上，据马克介绍，他们叫"小子"和"瘦子"。交出车钥匙的时候她很清楚，自己已经彻底丧失了理智。今晚和现在对她来说几乎完全陌生的男人约会，一定是她做过的事情里面最蠢的一件。她从来没有背叛过丈夫，甚至想都不会去想——也知道自己绝不可能——但她之前也从没对丈夫撒谎。

直到今晚。

她感到可耻，想让过去的一个小时倒转，回家去。但她还是忍不住去看坐在身边的这个男人。她记得马克高中就是个美男子，这一点始终没变。他看起来一点儿都没老。

唯一的变化就是，现在的他不再是青春期的那个小白脸了，而是变得比她印象中更有吸引力。

"你记得这条路吗？"马克说。凯特看了看窗外。她不记得了。

"不。怎么了？"

"没什么。我回来感觉挺奇怪的。一切都不同了，可同时却又如此熟悉。好像一直处于一种似曾相识的状态里。"

凯特想表示赞同，但没吭声。她感觉自己像个小女生，这已经够糟了，她不想说话也像个小女生。马克带着纹身的胳膊搭在方向盘上，用腕子操纵着卡车，下了单车道土路。他们往山上开的时候一直在尬聊，于是马克暂停交谈，打开了收音机。泰勒·斯威夫特的歌声一下子从调频电台的静电声中冒了出来。他们行驶在半山腰上，听甜腻腻的流行歌曲唱着我们再也回不去了，凯特突然觉得这一切实在是荒谬透顶。她伸手调小了音量。

"行了，马克。你到底想干吗？"

"怎么说？"

"我是说我们已经二十多年没见了，所以说说你干吗要回来吧——还有为什么突然急着见我。你几乎已经不认识我了。我也不认识你。所以请告诉我这到底是怎么回事。"

"我觉得说我不认识你不太公平，凯特。"

凯特的脸一阵发烫，后背僵住了。"别这样。我结婚了，很幸福，如果就是为了这个，那请你掉头回去吧。"

"哇哦，等等，凯特。我不是那个意思。我只是想说，我觉得把我们的曾经一笔勾销是不公平的。它对我是有意义的。"

"我们当时只是孩子。"

"我们当时都十九了，凯特。"

"那不就是孩子吗，马克。"

"好吧，如果那对你来说毫无意义，那为什么你丈夫不知道我们的事？"

凯特有些惊讶："你的事克莱顿都知道。我对他没有什么秘密。"

"他知道我们在初中牵过手，但不知道毕业之后的那个夏天，或是——"

"等等，"凯特举起一只手，"你是怎么知道我丈夫知道什么、不知道什么的？"

"因为我和他聊过。我有天见到他了。"

"好吧。停车。告诉我这该死的到底是怎么回事。"

"冷静，凯特。没什么事儿瞒着你。就是我刚回来的时候和迈克·卡明斯出去，碰到克莱顿了。他认出了我，但从他说的话来看，我相信你只跟他说了咱们刚认识那会儿的事情，其它什么也没说。"

"我真不敢相信我会在这里跟你说这些。我脑子是不是坏掉了？"

"听着，凯特，我会告诉你任何你想知道的事情。随便问。"

凯特盯着他看了一会儿，又转头望着窗外："那就从这些年你去了哪儿说起吧。你就这么消失了。连再见都没说一声。什么都没有。你怎么了？"

"那件事我很抱歉。"

"不重要了，但如果你想说点什么，就从那里说起吧。"

"其实事情没有你说的那么神秘，"马克从中控台上的烟盒里抖出一支烟，"不介意吧？"

"我介意。"

他又看了看她，想知道她是不是在开玩笑。她不是。于是他把烟放了回去。

"你刚才说到哪儿了？"

"哦，对，你知道我和我老爸关系一直不好。"

"对，我知道。"

"我那时已经长大了，要是那个老东西喝了酒想打我，我可以制住他。但我妈和我弟弟——"

"拉夫？"

"嗯。我不可能一直在身边保护他们。最惨的就是拉夫。他还是个孩子。我要是不在，我爸有天可能会把他打死。所以我一攒够钱，就带他们走了。我们最后去了亚特兰大。我知道，那里也不是很远，但离那个混蛋已经够远了。我们改姓了妈妈娘家的姓，勉强开始了新生活。"

"你为什么不告诉我？"

"我不想冒险让别人知道我们去了哪儿。我爷爷是伯勒斯家族集团的高层，所以如果我爸真的想逼别人说出我们在哪儿，我不想他逼的是你。"

凯特的脸又烫了起来，热流传遍了全身："你母亲还在亚特兰大吗？"

"我们到那儿几年之后，她就过世了。"

"哦，真遗憾。"

"不。没事。她得病了。世事无常。她过世的时候，我和弟弟都陪着她。她走得很安详，说明最后她还是接受了这一切。我们也一样。但母亲走后，我弟弟还需要人照顾，于是这个担子就落在了我肩上。幸运的是，我们遇到了一些好人，给了我们工作，能赚很多钱。那份工作带我们走遍了整个国家——其实是整个世界。"

"比如哪儿？"

"我们在日本、阿富汗、菲律宾都呆了很久。哪儿都去。"他顿了顿，表情空远。

"到底是什么工作啊，还要去日本？"

马克过了一会儿才答道："收债工作。"

"你是收债的？"

"对，可以这么说。我收回东西，"他又迟疑了一下，"有时我也让东西消失。很复杂。"说起自己的背景故事，他显然有意含糊其辞，所以凯特也就没有逼问。

"克莱顿的母亲也被迫离开了这里。跟你带母亲离开的原因一样。"

马克扫了她一眼："我知道。"

"但她除了自己，没有试着去救任何人。她把他撇下了。"

"他很幸运。"

这个回答让凯特惊讶。她决不愿用"幸运"来描述被母亲抛弃的孩子。"幸运？哪里幸运了？"

"如果克莱顿被她带走，就不会遇见你了。"

凯特对此没有回应。他们静静地开了一段，收音机里又传出一首歌，吸引了马克的注意。他稍稍调大了一点音量，填补了谈话中的空白。他们又开了几分钟，流行乡村音乐飘荡在车厢中。凯特讨厌这种歌。这次她关上了收音机。"你为什么要回来？"

"因为你，"马克脱口而出，像是一直在等着这个问题。

凯特又觉得身上发烫了。她必须把这个小女生版本的凯特赶走。"这到底是什么意思？"

"哦，其实不是你本人，而是你家。你丈夫的家族。"

"怎么说？"

"迈克和我是老交情了，你知道的。虽然这么说你可能还是不信任我，但这些年来我一直是迈克和哈尔福德在亚特兰大的联系人。"

"是吗？"

"是的，而且不管你怎么想，'疤癞迈克'是个好人。"

"我知道，但我觉得你们这些人自称是他的朋友，却还这么叫人家，真是太可恶了。"

马克看着她笑了。她依然可以让他感到惊奇。"总之，几个月前我正在得克萨斯州边境干活，迈克联系了我，告诉我：我爸死了。"

"我听说了。很遗憾。"

"不用觉得遗憾。没人比他更该死。重点在于，迈克还和我说了这里去年发生的一切。他告诉我哈尔福德死了，以及是谁打死了他。他说他能感觉到当地人开始躁动不安，说需要有人帮忙，免得这里变成狂野西部。"

"这里不一直都是狂野西部吗？"

"相信我，凯特。这次的怪兽是全新物种。"

"那关你什么事呢？我是说，好像你在低地那边干得挺好的，"她摩挲着坦途车的仪表板，"为什么要冒着失去一切的风险，回来帮助我们这些无助的乡下人呢？"

马克看起来有些生气："这是我的家乡，凯特。所有人里你应该是最明白这一点的。想想看，我刚知道你嫁进了伯勒斯家的时候该有多惊讶。而且这让我很担心爷爷。我知道他和你丈夫的家族密不可分，但我不知道没有了哈尔福德照应，他会受到什么影响。"

凯特已经听够了那个人的名字。

"你很清楚哈尔福德·伯勒斯是个疯子，对吧？他除了自己谁都不会照应。照我说，那个神经病死了以后，你爷爷现在反而更安全了。"

马克没再争辩，转开了话头："抛开别的不说，爷爷也上年纪了，我不知道他还能再陪我们多久，所以我觉得是时候回家了。"

"你弟弟和你一起回来了吗？"

"拉夫？没有。他绝不会回来的。这里还是太乱了。我不在的时候，他就在亚特兰大看店。"

"了解。"

"但我不急着回去。"

"为什么？"

"因为风景这边独好啊。"

凯特又觉得身上一热。

见鬼，他故意的。

凯特在牛仔裤上蹭了蹭出汗的手心。

"这也是我想见你的原因之一。系上安全带，前面的路有点颠簸。"马克下了两车道柏油路，开上右手边一条荒草蔓生的土路。

"我们这是去哪儿？"

"我想给你看一样东西。"

"马克，我觉得这不是个好主意。"

"我保证不是你想的那样，凯特。一会儿就好，然后我送你回你的吉普车。"

＊

凯特扣上安全带，马克熟练地驾驶着卡车，沿着石头小道开了下去。小道尽头是一片空地，原本身处漆黑之中的两人眼前豁然开朗，马克把卡车停在了熊溪水域最宽处的松软地面上。光看这一段，还以为熊溪是一条河。水中倒映着月光，看起来就像水面上盘旋着数不清的萤火虫。她认出这条路来了。她知道这个地方——小时候就知道——但长大了再也没来过。她记得以前对岸有一部架在砖块上的破拖车，但如今已经不见了。事实上，现在对岸的景象简直让她难以置信。她想到了马克刚才说的话。

风景这边独好。

原来，他说的不是她，而是这里。取代了旧拖车的是一座小小的砖石农庄，造型古雅、灯火通明，入口处是封闭式门廊。院子中间有个儿童游戏房，旁边还连着一套木秋千。

马克熄了火，凯特下了车。她走到水边，离水很近，鞋子都快陷进泥里了。马克也下车跟了过来。一个男人坐在阳台上封起来的那一块地方，腿上坐着一个两三岁的孩子。他本来正在门廊灯下读书给孩子听，但现在带着好奇的神情，朝溪水对岸的凯特望了过来。另一个大约八岁的男孩正拿着素描本和铅笔坐在台阶上，完全没注意到他们。凯特意识到门廊上的那个男人就是欧内斯特·普鲁伊特，马克的爷爷。还没等她转身问那两个孩子是谁，马克就先回答了。

"他们是我同父异母的妹妹的孩子。她这几年过得不太好，得收拾自己的烂摊子，于是爷爷就一直照看着孩子们。"

凯特点点头。"那些是柏油路吗？"她指着房子外面的车道问。

"对。还有地下供电系统呢。"

"不会吧。"

"真的。"

"你上次带我来的时候，我记得那边不是这样的。"

"所以，你都记得？"

凯特没回答。

"对，我想看起来的确不一样了。那里以前烂爆了。我们只有一辆生满了锈的拖车，就在现在那栋房子过去一点的地方，像个带轮子的罐头盒子，有两间卧房、一个起居室、一个小厨房，还有一个一直坏着的厕所。我亲爱的老爸让我和我哥住一间卧房，让我妈睡在起居室的沙发上，他自己在另一间卧房里喝酒、吸毒。"

"我都忘了你是在那里长大的。"

"我可没忘。不过不是在那里。"马克指着爷爷，挥了挥手。欧内斯特没有对他挥手。他把小一点的孩子从腿上抱起来，又叫上另一个孩子，进了屋。"我长大的地方，是以前的那里，在疯子哈尔福德·伯勒斯把旧拖车拉走、建成你现在看到的这个样子以前。"

"他为什么要那么做？"

"跟他做许多其它事情的原因一样，只不过那些事情你一无所知，因为你住在那个叫作维莫尔山谷小镇的童话世界里。"

"饶了我吧。听起来你就像山上其他的傻瓜一样，都觉得哈尔福德是某种英雄。"

"英雄？不。但是，说真的，你听我说。我还是个孩子的时候，这里只有你记忆中的那辆拖车，还有其它几辆跟它差不多的拖车。你也是在这一带长大的，所以我说的你都知道。这里几乎一无所有，只有几座破败的易燃建筑，而这些建筑的主人也很潦倒，以前都是干走私的，为了赚同一点小钱疲于奔命。山里这一带到处都是在浴缸里私造毒品的，干这一行的全是混账王八蛋，包括我爸。而他们做这种非法买卖，挣来的钱也只够买发电机的燃料、柜子里的威士忌和冰啤酒，从来不会为孩子的吃穿、铺盖操心。这里甚至连自来水都没有，只有溪水。我记得我得打水给我妈煮土豆和卷心菜，而我爸只会一瓶接一瓶地狂灌啤酒，吸毒吸得脑子都不清楚了。其实多数孩子也不是上不了学，只要他们愿意像我一样，每天长途跋涉去维莫尔镇。但如果他们不愿意坐在带着午餐盒、穿着白亮跑鞋的干净、正常孩子旁边，又有谁能责怪他们呢？"

凯特想着自己以前的午餐盒，还有白亮的跑鞋。她就是马克说的"正常孩子"中的一员，他也知道这一点。

"所以他们很容易就会跟我爸那样的人为伍，非法倒卖毒品，或是稍微出息一点，去克莱顿的父亲种大麻。我恨透了这个地方。说到以前，我只记得人们去伤害别人，或是伤害自己。这里几乎没有人有卡车或小轿车。枪倒是有很多，但没有任何能让一个家感觉正常的东西，比如冰箱，或是电视，哪怕是一个收音机——什么都没有。这是个垃圾得不能再垃圾的地方，我也是个垃圾得不能再垃圾的孩子。但现在你看，爷爷住进了真正的家。那些孩子有真正的院子可以玩。他们还有机会，你知道吗？"

"我猜这一切都是托大圣人哈尔福德的福吧。"

马克叹了口气，掏出之前凯特不让他抽的香烟。他深吸了一口，背过脸去，把烟喷了出来。"你知道有两个孩子死了吗——被炸死的——死于那天的白崖路炼毒室爆炸案？"

溪流上吹过来的风很大，凯特觉得都怪这阵风，她才会这么冷。"不，我不知道。"

"你丈夫有个副手当时在场，后来被送进了重症监护室。"

凯特没说话，但马克从她的绿眼睛中看出，她正在把一些事情拼凑起来。他又深吸了一口香烟，慢慢吐出烟雾："以前像那样的事情是不可能发生的。克莱顿的大哥也许不是个完人，但从那个方面来说，他的确做了件好事。"

"不是完人？"凯特厌恶地说道，"哈尔福德和他父亲只要有钱赚，会把毒品和枪支卖给任何人。伯勒斯家族迄今为止只有一个真正想为这座山头做好事的人，就是我嫁的那个。而那个人这一年来几乎连路都走不利索，就是因为你们这些爱心泛滥的家伙。"

"这样说不全对，凯特。"

"哪里不对了？"

"哈尔福德不在这儿做那些买卖。甚至可以说，他让那些买卖远离了这里。他把它们从这里连根拔起，挡在外面。你知道，哈尔还活着的时候，这座山上有多少孩子被炸上了西天吗？告诉你吧，一个也没有。"

"送我回家，马克。"

"我会的，但先回答我的问题。你后悔吗？"

"后悔什么？"

"杀了那个联邦调查员？"

她生气了："我说了，送我回家。"

马克用食指和拇指捏着香烟，朝芯子吹了口气，余烬一闪。

"你当然不后悔。我了解你。没有认定的事情，你是不会做的。所以这是不是意味着你也是疯子呢？又或者你只是为了家庭安全做了该做的事？现在问问你自己，你觉得克莱顿的父亲或是哈尔福德这一生中，遭遇过多少想干掉你丈夫的那种人？"马克掐灭香烟，把揉碎的烟头塞进了口袋。

凯特裹紧外套，把头发别在耳后。她不想再说话了，只想回家。

"马克，你作为旁观者，对山上这些人发表意见，我可以理解。有人给你爷爷和孩子们提供帮助，我也很高兴。但你为什么要带我来，给我看这些呢？我怎么想，你或是其他任何人在乎吗？"

溪水对岸农舍的灯灭了，两人站在卡车大灯的光束中。马克蹲下身去，从岸边捡起一块光滑的石头。他打了个水漂，他们看着石头蹦到水中间，沉了下去。

"去年联邦突袭这座山的时候，他们把找得到的一切都拿走了，把能找到的现金都装进了自己的口袋，让这里变得一片萧条。"

"我知道。那又怎样？"

"但他们拿走的并不是全部。实际上，我们觉得他们只搜刮走了一点皮毛。"

"哦。"凯特突然明白了自己的分量。她觉得自己仿佛原地生根了。

钱。都是因为钱。这座山上发生的一切，都是被算计好的。

她把头发往后一撩，也捡起了一块石头。"所以你好端端的给我打电话，跟我谈我们的过去，让我跟你来这儿，给我看这一切，都只是你招数的一部分。"她擦了擦石头，往水面丢去。

他们看着石头掠过水面，跳到了对岸上。

"也不全是。"

"省省吧，收债男。你和迈克想让我说服我的警长老公干什么？一定是他已经拒绝了的事情。"

"你真的是谁也不信任，对不对？"

"信任差点让我爱的男人送命，马克，所以你带我过来到底想说什么，有话直说，干脆点。"

"也许现在说不是时候。"

"那送我回我的吉普车。"

"如你所愿。"马克绕到她身后，伸出了一只手。他把手轻轻放在她的臀上。开始凯特一动不动，似乎手放在那里感觉很自然。随后，她转过身来，面对着他，后退一步，拉开了外套的拉链。外套下面的衬衫领口低得恰到好处，刚好露出她乳沟柔滑的曲线。她知道像马克这样的男人一定会不由自主地看过来，果不其然。凯特托着他的下巴，把他的脑袋微微一抬，和他四目相对。"看个痛快吧，马克。想看多久看多久，然后把它从你的脑子里清除，因为我们之间是不可能的。我是克莱顿·伯勒斯的妻子。我爱他。你知道我会为了他拼到什么地步，你刚才自己也提到了。关于我们之间今天发生的事情，你的想法都是错的。你和出生在这里的其他男人并无不同，但我的丈夫不一样。而且如果你真的想让我帮你说服他，就该收起老情人那一套，给我们两口子应有的尊重。"

"好的，凯特。我知道了。"

"真的?"

"是的。"

"那告诉我，你到底在找什么。"

"几百万，凯特。我们在找好几百万美元。问题是不只有我们在找。如果别人先找到了，那我刚才带你看的一切，公牛山上仅存的一点体面或是美好，就都会付之一炬，事实就是如此。"

"你觉得克莱顿能帮你找到。"

"我觉得只有他能。"

14

跛溪路

凯特到家的时候，屋子外面已经黑了，门廊上的灯也关了。她轻手轻脚地开了门，走进前厅，踢掉靴子，褪下牛仔裤，把它们留在了地上。她脱下外套挂在躺椅后背上，小心地挨着在沙发上打呼的老公坐下。她把睡着的埃本从他胸口抱走，他动了一下。她把孩子紧紧搂在怀里，在他小小的额头上印下无数妈妈的吻。她站起来的时候，克莱顿伸手摸了摸她光溜溜的腿。她没有抗拒，把埃本抱回屋，放在婴儿床上。

　　她回到客厅时克莱顿已经醒了，站了起来。她一言不发，牵起他的手朝过道走去。

　　"查梅因都好吗？"

　　凯特没回答，打开了卧室的门，等他们进去以后，又把门关上。克莱顿伸手想开灯，但她阻止了他："别开灯。"

　　她想和他做爱，但不一定非要看着他。

　　她把他推倒在床上，解开自己的衬衣，任由它从肩上滑落。她看不到克莱顿睡眼惺忪、高中生似的笑容，但她知道他一定这样笑着。每当这种时候，他都无法思考，满脑子只有她。他这种状态就像一杯够劲的烈酒，而无助了整晚的凯特，此刻只想够劲。她伸手到背后解开乳罩，任它落下。

　　"没想到你回来我还有这待遇。"凯特依旧没有回答，爬到了他的身上。他匆忙解开裤子，在凯特的帮助下挣脱了一条腿。她吻住了他——狠狠地——他的呼吸里没有一丝酒味。他的胡须刺痛了她的脸。她不在乎。她不要温柔。

今晚不要。温柔可以等到明早。

15

汉密尔顿路

丹尼尔 · "库特" · 瓦伊纳家
博恩维尔，佐治亚州

库特盯着窗外了无星光的黑夜。寒暄和毒品让他看起来累坏了，所以很感谢此刻的宁静。唐尼和泰特嗑了药，坐在沙发上舒服着，似乎没有指令都不会动弹了。特怀拉还和往常一样坐在壁炉边的高背椅上，静静地翻阅着一本相册，里面都是她和丈夫乔的相片，只不过是更为年轻、好看的版本。照片里的两个人如今在她看来就像是陌生人。乔·瓦伊纳是个好人——是她的好丈夫，也是孩子们的好父亲。他对于丹尼尔总是倾尽所能，但乔刚一生病，很明显，他第一段婚姻的产物就再也不可能成为像他这个父亲一样勤恳、诚实的人了。随着年龄的增长，丹尼尔向库特的转变就不仅是改个名字了，而是要玄妙得多。他蜕变成了另一种动物，就像蜕皮的蛇。但只有等到喉癌最终带走了丈夫之后，特怀拉才目睹了真正的改变开始。库特卖掉了父亲花了二十多年建立起来的州际卡车货运产业，用那笔钱为家里投资了冰毒生意。库特向来无法拒绝能让自己送命的东西，所以很快，他吸的毒就和贩的毒一样多了。暴力变得太多之后，特怀拉和乔的亲生女儿——贝西·梅——不得不离开。尽管这让特怀拉伤透了心，而且让她一个人留在了库特的世界里，但她从未试图阻拦女儿。她理解这一切。她希望库特的儿子约瑟夫能成为让她坚持下去的理由——让她相信自己还有一个家。但现在约瑟夫已经和与他同名的祖父一样一命归西了[①]，而且她相信这条命不如说就是葬送在库特手上的。这个世界上她爱的男人都死了，死在她那些还活着

---

　　① 乔（Joe）是约瑟夫（Joseph）的昵称。

的骨肉手上。如今她一无所有，只剩下失去亲人的伤痛。这些伤痛形成了一个真空，吞噬着她残存的部分——变成了她胸腔里的一个黑洞。她举起氧气面罩盖在脸上，想填补自己破损的肺。

"你对杀我孙子的那些人了解多少？"

库特转向妈妈："我还在等关于其中一个的消息，但我确定另外一个家伙叫'疤癞迈克'。一听这个名字，你就知道他的长相了，是个奇丑无比的狗杂种，好像是脸全烧伤了。"

"他们都是些什么人？"特怀拉抿了一口杯子里的红酒。

库特觉得对母亲的火又上来了。倒不是因为她说起他儿子时冷冰冰的。他对乔乔的死其实并不怎么在乎。那孩子天生没用。他生气是因为，她似乎并不关心这件事会对他造成什么影响。说白了，他始终觉得这个女人根本就不想要他。不像他妹妹，她真正的骨肉。所以回答母亲这个问题的时候，他差点对着她笑了出来。

"他们从麦克弗斯县来。北佐治山区。"泰特溜下沙发，去冰箱里拿了瓶啤酒。特怀拉的手开始颤抖。她把酒杯放到边桌上，紧张地掖了掖裹腿的红绿格毯子。

"公牛山，妈妈。"

特怀拉的双眼呆住了。

"那个疤癞脸是哈尔福德·伯勒斯手下的高层。"一听这个名字，老太太显然意识到问题比她预想的要大得多。

"我听说伯勒斯家那孩子死了。"她气若游丝地说道。

"是死了。他最小的弟弟，当警长的那个，一年多以前把他打死了。"

特怀拉的面孔从柔和变得僵硬。她的声音低沉下来，权威感荡然无存："我一直叫你别去北佐治亚。人不犯我，我不犯人。"

"去的人又不是我，妈。"

"我孙子到底为什么要去公牛山？"

"你是说我儿子吗，妈妈？我儿子和那个叫克莱德·法尔的牛仔决定去随便打个劫。你觉得奇怪吗？你难道不了解那孩子吗？"

泰特从厨房回来了，拿着三瓶美乐好生活啤酒和一罐甜红酒。"他们本想捡个便宜，特怀拉。"他给了库特和唐尼每人一瓶啤酒，又小心地斟满了特怀拉的酒杯。接着他用不那么情绪化的语气，跟老太太说了乔乔是怎么说服朋友们去弗雷迪·塔滕酒吧打劫的。库特走到前窗边，又望向了什么也看不见的窗外。特怀拉听着听着，双手停止了颤抖："我简直不敢相信，你们竟然能允许这种事情发生？"

库特猛地转过身来，砰地把啤酒放到了边桌上。"允许？我并没有允许。我让那个白痴别上那座该死的山。他干这种破事对我没有好处。"

特怀拉看起来很反感："对你没有好处？你永远只在乎这一点，丹尼尔——能得到什么好处。"

库特知道她只不过想骂骂他，因为她没有别人可以发泄。但他睡眠不足，精疲力竭。他需要毒品，火气正旺，所以他回了嘴："我能怎么办，妈妈？他已经长大了。"

"他没有长大。他死了。"

"你什么意思？这是我的错？"

"不，库特。她不是那个意思。"大家都朝前门看去。瓦妮莎推着行李箱进来了，把它靠在门柱旁边。"她是在问你，你准备怎么处理这件事。"

"哎哟，见鬼了，大家伙儿。看看大风把谁给刮来了。你来得真是时候，贝西·梅。你错过了葬礼。"

"不，我没有。我去了，而且我觉得你穿老爸的西装帅呆了。"瓦妮莎把手包放在箱子上，穿过大厅，来到母亲的椅子旁边。

"呃，我没看见你啊。"

"因为我不想让你看见，"她在母亲的椅子边跪下，握住了母亲的双手，"我要是一出现，大家就不能专心参加葬礼了，既无法宽慰你和妈妈，也是对你儿子的不尊重。但我看，现在这里也并没有什么宽慰和尊重。"

特怀拉的神情又变得温柔了，像暖和的棉花。但库特的神情却变得强硬、冷酷起来。

唐尼坐直身子，几个钟头来第一次恢复了活力："天啊，贝西·梅，你看起来超美的。"

"把我的行李拿到乔乔的房间，唐尼，"她紧握着母亲的双手，"然后你和泰特先回家。时机一到，我们会通知你们任务、时间和地点。"

泰特喝干了啤酒。

"他们听你的才怪，"库特示意唐尼和泰特别动，"你胡说什么，小妹。你一走这么多年，现在倒想过来把关心我儿子的人都赶走？"

"真的吗，库特？如果你们都那么关心他，那为什么你却在这里对妈妈大喊大叫，而不是出去做你该做的事呢？"

"我在等更多的消息。"

"好吧，算是开了个头。"

唐尼放下还没打开的啤酒，起身站到前门库特身边："我随时待命，库特。你吩咐便是。"

"帮她搬行李。"

"啊？"

"我说帮她搬行李。"

"什么？"

"我的行李，"瓦妮莎头也不回地说道，"他说让你拿上我的行李，你照做就是。"

唐尼难以置信地看着库特，但库特并没有反驳。他走到门口，嘀咕了几句，气冲冲地抓起手包和硬壳箱子，消失在了通往屋子后面的走廊尽头，只有泰特目送着他。库特还死死地盯着瓦妮莎，而瓦妮莎的注意力却都在母亲身上。

"我回来了，妈妈，我们会把一切都处理好的，好吗？"

特怀拉看着女儿，点了点头。她终于流下了眼泪。库特扑通往沙发上一坐，从衬衣口袋里掏出一个高尔夫球大小的塑料袋，往茶几上倒了两溜毒品。

"我不需要你处理任何事情。我会按自己的方式来。"

"不，"特怀拉说，"那不是我想要的。"

库特卷起一张一美元的钞票，把毒品吸进了鼻子里，仰头靠在沙发上，让灼烧感流进喉咙。胸口正中的灰黑色狮子纹身从他没扣扣子的法兰绒衬衣里露了出来，龇牙咧嘴，一起一伏。他被烧得眼泪都出来了，把钞票放在了桌上，给泰特用。等泰特俯身吸完了自己的那一溜，他让他去后面跟唐尼会合，他马上就过来。库特用充血的双眼紧盯着家里的两个女人，说出了下面的话——口齿很清楚，省得再说第二遍：

"我永远不会伤害你们中的任何一个，"——他先看向特怀拉——"因为爸爸爱你，"——又看向瓦妮莎——"而你是我的亲妹妹。但我把话撂这儿，我要上公牛山，让他们血债血还。你们要么一起去，要么别拦着我，就这样，其它不必讨论了。"

特怀拉从潸然泪下变成了失声痛哭，瓦妮莎搂住了她。库特起身抓起啤酒，猛灌一口，瓶子在墙上砸得粉碎，走出了房间。

16

大院

马克把坦途车停在大门口，摇下了车窗。卡车刚一过来，T-莱德就注意到了。这会儿他已经站在了车门外，活像等着被放出去方便的小狗狗。

"嘿，图利先生。老兄，这卡车真不错。这么好的车得花多少钱啊？我以后也想弄一辆这样的卡车。你觉得你会不会想把这车卖了？呃，我不是说现在啊，但要是你想卖，我愿意掏钱买下来。这车真够霸气的。"

"先别急，孩子，你选错目标了。这就是辆卡车而已，相信我。只要你继续好好干，所有好东西都会来的，"马克调低了音响，"嘿，你怎么老是一个人把门啊？迈克就不能派个人过来陪陪你吗？"

T-莱德挺了挺胸："迈克舅舅说我得多干这种苦差事。他不想让别人觉得我是他亲戚就能占便宜。我能行的。"

"我知道你能行，T。只是你一个人在这里，我有些担心。"

"别担心，图利先生。摄像头一直看着我呢，而且只有这么一个门可以进出。我不会被偷袭的，我向你保证。"他拍了拍肩上挂着的突击步枪。

"好吧，孩子。我知道了，但还是要当心。现在这山上不太平。"

T-莱德往窗口一趴："这山上就没有太平的时候，图利先生。"

"我觉得你说得对，小子。放我进去吧。"

"收到，长官。" T-莱德抬头看着盯着自己的摄像头，冲着对讲机说了点什么。门咔嗒一声，链传动滑轮系统开始隆隆作响。门动了起来，T-莱德对着马克抬了抬帽檐，从卡车边往后退去。

"记住我说的话，孩子。一直要留心身后。"

"遵命，长官。我会的。"

马克一按按钮，车窗合上了。他开着卡车穿过打开的大门，停到了大院门口。几分钟之后，他已经坐在了作战指挥室的橡木桌边，和"疤瘌迈克"、欧内斯特·普鲁伊特、"瘦子"和"小子"在一起。

迈克抿了口啤酒："你终于见到凯特了？"

"嗯，"马克说，"她还是和以前一样倔。"

"早跟你说过了。"

"我带她去了爷爷家那边，让她看一点哈尔福德在山上做过的好事。"

欧内斯特往垫着纸巾的泡沫塑料杯子里啐了一口烟汁："是啊，小子，我看见你们了。我还看见你想对人家动手动脚。"

迈克愤怒地瞪了马克一眼："真的吗？"

马克倒是满不在乎："哎呀，我只不过想让她心软。我去不就是干这个的吗，对吧——让她心软，劝克莱顿加入。是你们让我这么干的呀。"

迈克真生气了，把棒球帽摔到了桌上："我让你去跟她谈谈，你个鸟人，不是让你跟她上床。见鬼，马克。你真是狗改不了吃屎。"

"冷静一点。我可没想跟她上床，只不过想让她心软。"

"我倒想揍得你腿软。"

"好啦，迈克。够了，"欧内斯特又往咖啡罐里啐了一口，"马克毕竟是我孙子，你要是吓唬他，我不会坐着不管的。说别的事吧。"

桌边安静了一会儿，"小子"和"瘦子"有些不安和别扭。最终迈克打破了沉默，语气也平静了一些："你跟她说钱的事了吗？"

"说了。"

"她怎么说？"

"她先说我们是一帮说谎话、偷东西的野蛮人，后来又说她会考虑跟克莱顿提一下。"

"究竟怎么个考虑法？"

"就是说，她不太乐意去做任何再让她丈夫陷入杀身之祸的事情。老实讲，我不怪她。我们不需要克莱顿。我可以找到哈尔福德藏钱的地方。我只是还需要一点时间。"

"我们时间不多了，马克。"

"我知道。"

欧内斯特又啐了一口。马克从桌上的碗里拿起一个苹果，切下一片。另一个人——耳朵边带疤的那个人——走了进来，等着获准说话。迈克冲他一扬下巴："怎么了，坦克？"

"门口出事了。"

"出什么事了？"

"有人来了。不速之客。"

马克嚼嚼苹果片，咽了下去："你刚才说时间怎么着来着，迈兑？"

"疤癞迈克"起身冲进另一个房间，和其他五六个人一起看着客厅里的一大堆监视器，一眨眼又回来了："是库特·瓦伊纳，带了一帮人。"

马克把小刀和吃了一半的苹果放在桌上："你留下，爷爷。我们来。"

欧内斯特在"小子"和"瘦子"的帮助下缓缓站了起来："早在你出生之前，我就已经在这山上打了很久的仗了。这一次我也不会坐视不管。"他从屋里墙上的架子上抓起一把点30/30步枪，往门外走去。"小子"和"瘦子"紧随其后。马克叹了口气，抽出了自己的枪。他取下弹匣，检查了弹药数量，又把弹匣拍了回去。他把枪挂回枪套上，又咬了一口苹果，这才站起身来，先去厨房倒了点冰茶，才跟着爷爷和其他人走了出去。

　　拉动霰弹枪和手枪枪栓的响动几乎震动了门廊的木地板，马克溜到门外看迈克举枪瞄准的是谁。栅栏外面的车队里有两部中型皮卡，至少各装了四个人，还有一部吉优追踪者①，上面坐着本次游行活动的总指挥。追踪者开到栅栏边上停了下来，迈克站在台阶上，用点 440 步枪对准了这部难看的车。迈克的手下也一样。十几杆枪在门廊栏杆上一字排开。追踪者的车门开了，库特·瓦伊纳走了下来，一头金发和雪白的皮肤在黑暗中泛着光。他又高又瘦，但看起来仿佛十年来都没间断过健身——像那种在牢房里练出来的好身材。他没扣衬衣扣子，袖子挽了上去，露出一小片一小片的监狱纹身。胸口的狮子纹身显然是他乐于炫耀的，但从门廊看过去，这纹身倒更像是他自己画上去的胸毛。迈克顿时觉得这人是个傻子。库特的眼睛特别蓝，蓝得都有些不自然，五十码开外的迈克一下子就注意到了这双眼睛。迈克还注意到库特没带枪。事实上，至少目前看来，跟他一起来的人都没带枪。其中有两个人，迈克猜想应该是库特的左右手。他们走到追踪者的驾驶座车门边，跟库特站在了一起。一个胖胖的，看起来呆头呆脑，衬衣后摆露在外面，肚皮大得遮住了皮带扣——块头不小，迈克想，但没什么本事。另一个是肤色如子夜般的黑人，体型跟前一个差不多，但匀称得多。他的动作和那个肥仔截然相反，流畅而又从容，就像影子。他皮肤的颜色和深色的战术服让他融入了黑暗中，迈克要眯起眼睛盯着看，才能确定他就在那里。但显而易见的是——至少从表面上看来——"呆子"和"影子"似乎跟其

---

① 一款小型 SUV。

他人一样，也都没带枪。迈克朝门廊外面啐了一口，依旧稳稳地齐肩举着枪："掉头回去，瓦伊纳。这里没你的事。"

库特张开空空的两手——手心朝外——随后两条胳膊交叉在胸前，靠在了追踪者车上："照我说，我在这里的事情还不少，'疤癞迈克'。你是叫'疤癞迈克'，对吧？就算不是也得是。你真是个丑杂种。"

面对这种侮辱，迈克处之泰然："想来这儿撒野你还嫩了点，瓦伊纳。我再奉劝你一句，这里没你的事，最好叫你的手下调转车头回南边去。包括这对'盐和胡椒'兄弟。"

库特看了看唐尼，又看了看泰特，笑了起来："你猜怎么着？我以前倒从没这么想过。你很好玩哎——对一个麻风杂种来说。我觉得我还挺喜欢你的。"

"我不会再重复我的话了。"

"首先——"

马克挥手打断了他的话。他还没亮出自己的武器，只端着一个红色的塑料杯子，里面装着冰茶。"首先，"他学着库特的腔调重复道，"我知道你纹着这么霸气的纹身是想让我们把你当回事。但说实话，我们很难跟一个开着吉优追踪者上山的人对话。"他看了一圈门廊上的人："大伙儿觉得我说的对吗？"迈克有几个手下噗嗤笑了出来。"你这车到底什么颜色啊，海棠紫？还是树莓红？"门廊上的笑声更响了。

"你一定是图利。"

"正是在下。"

"呆子"插了进来："我现在就要了你的命，图利。"唐尼说着，把帽檐往后一转，看起来更傻了。

"此话当真，唐尼？"

听到自己的名字，唐尼显得很惊讶。

"对，我也知道你是谁。很明显，我们都做过功课了。既然如此，我建议你下面说话的时候小心点。"

"你想上路，我就送你一程，伙计。"

"送我去哪儿？高中毕业舞会吗？还是汉堡王？"马克喝了点冰茶，"你显然听不进去我的忠告。要不你也别逼逼了，我直接在你身上开几个洞，今晚就算完事了，怎么样？保准打得你肉汁横流，然后你的傻逼表兄弟就能开着粉红色破车把你这个肥仔拉回博恩维尔了。"

"你去——去你妈的——图利。"唐尼气得都结巴了。

"啊？我去什么？"马克看着迈克，"他是不是智障？"

"行了，够了，"迈克一手指天，不耐烦地说道，"马克，如果他们不在三十秒之内滚回那辆奇怪的吉普车，你就去干掉那个黑老怪。我对付金发的。"

"英雄所见略同，一群不长眼的狗杂种。"马克把冰茶放在门廊栏杆上，这才刚刚掏出了枪，是一把结实的点380手枪。他一拉枪栓，把一颗他自己做的子弹推上了膛。他很自信这颗子弹可以找到并击杀一切——甚至是影子。他举枪瞄准了泰特·瓦伊纳，但泰特一动不动，似乎毫不在意。

库特举起双手："好吧，伙计们。行，没问题。我们这就拍屁股走人。见鬼，我们压根就不想来，但走之前我能问你一件事吗？"

"三十秒。"迈克说。

"我们来这儿可没带枪。"库特听起来不那么逞强了。

"我对犯傻不予置评，小子。二十五秒。"

"你杀了我儿子。我的独生儿子。"

"那件事我也不予置评。二十秒。"

"你想抵赖？"

"是你儿子害死了他自己。你也快了。十五秒。"

"我儿子是被绑起来淹死的，还被扔在我母亲家门口的台阶上，等着她去发现。这些都是实情。现在我来了，枪都没带，只想跟该为这件事负责的人谈谈，而你们竟然这么对我？"

"十秒。"

马克忍不住了："好吧，库特。我来跟你谈。你到底想干吗？"

"一命偿一命。"

"没门。"

"只要把踩着我儿子脖子的那个人交出来，我就此罢休。"

"开滑滑车的，这事已经结束了。"马克换了个目标，开了枪。唐尼朝后戴的卡车司机帽从他头上飞了出去，像是被隐形的线一把拉走了。大块头骂了一句，双手抱住了脑袋。

"下一枪会打穿'胡椒'的脑子。"

唐尼想说什么，但库特伸手按住了他的肩膀。他对他耳语了几句，大院门廊上的人都听不见他说了什么。唐尼瞪了马克一眼，转身捡起帽子，朝追踪者车的另一边走去。泰特依旧沉默，但最终还是朝唐尼走了过去。库特向前几步，把一只手搁在栅栏上，手指抠住了铁丝网。

"我本想放你一马，迈克，看在你是老大的分上。还有你，图利，算我给你爷爷一个面子。"

迈克和马克都没说话。

"你们得明白，我不是来威胁你们的。那不是我想要的。我只不过是来讨债的，想让你们的警长朋友一命偿一命，但你们拒绝了。所以我只能修改条款。"

"不存在什么条款，库特。"迈克一拉来复枪枪栓。

马克心头突然掠过一丝不安。"把门打开，迈克。"他轻声说。

"闭嘴，伙计。我心里有数。"

库特松开栅栏，打开追踪者车门。"不再是一命偿一命了，"他坐进驾驶舱，关上了车门，"现在我要取你们三条人命。"

"我是认真的。"马克的语气软了一点——但更着急了。他把手枪放在了栏杆上。

追踪者的四缸小引擎开始发动了,库特摇下了窗户:"记住我的话,迈克。我本来只想要一条命——那个警察。下面要发生的一切,都得怪你和那个逼人图利。说到逼人——我必须承认,我们最开始去拜访的那个老玻璃,还真是难搞。"

"钉爪"麦肯纳本来在一边静静听着,这会儿挤到了门廊前面,站在迈克和马克中间。

"但最后他还是崩溃了。他们都会崩溃的。"

"迈克,T-莱德人呢?"

"我说了闭嘴,马克。"

库特从窗口扔出一个篮球大小的东西,落在了土里—— 一个粉色和红色夹杂的篮球。"对,他坚持了差不多六个小时,但他,或她——不管什么玩意——最后还是招了,说出了我儿子死在你们那个池塘的时候有谁在场。"每个人大惑不解地盯着地上的粉色毛球。还是"钉爪"第一个意识到了那是什么。"不!"他大叫起来,低沉的嗓音雷鸣般传遍了整个院子,大家更加困惑了。他掏出点45手枪,边打追踪者车,边往院门口跑,发了狂的子弹一发未中。库特开动车子准备离开,两辆皮卡车紧随其后。马克跳过栏杆,把枪和冰茶打翻在灌木丛里,跟在"钉爪"身后,朝栅栏狂奔过去。"开门!"他喊道,"快他妈开门!"大院前廊上一片慌乱,大家都在猜马克究竟想到了什么。迈克转身吩咐耳朵上有一圈疤的人:"开门,坦克。"

坦克跑进屋里,打开栅栏开关。其他人就这么看着尖叫的"钉爪"和马克往门口跑。直到最后一辆卡车开走,人们才发现原来之前它是故意停在那里的。那个位置左边有一棵槲树,上面系着一根绳子,绳子上绑着一个失去意识的小伙子,长着几根稀稀拉拉的山羊胡子,穿着红色法兰绒衬衫。"T-莱德!"马克徒劳地喊着，想叫醒孩子。

迈克放低了枪，眯起眼睛盯着暗处："老天。"

又有几个人明白过来，跟着马克跑进了院子。库特所有的玩笑——他的侮辱和招摇——都只不过是个幌子。T-莱德身边地上的那堆绳子沿着土路被拉动得越来越快。

就在坦克打开屋里的开关时，马克扑到了栅栏前。门开始动了，马克紧贴着门缝想挤出去。"钉爪"在马克身后拉着门，想让它开得快一点。马克用力挤过门缝，一下子滑坐在土里，开始摸刀子。

他把刀子忘在屋里的桌上了。

他用颤抖的双手慌乱地解着绳结。T-莱德缓缓睁开双眼："图利先生? 怎么了?"

马克发了疯似的解着绳结："挺住，孩子。"

T-莱德感到腰上一紧，瞪大了眼睛。他只来得及再喊了马克一次，绳子就绷紧了，把他拽离了地面。他左右翻滚着，在空中旋转。马克被狠狠地掀翻在土里，绳子深深勒进了T-莱德腹中，他就那么不真实地悬在空中。马克把头转开了。男孩的身体再也无力支撑，被撕成了碎片。

马克坐在土里，身上溅满了T-莱德的鲜血。人们围住了男孩的遗体。有人骂骂咧咧，做着空洞的威胁。还有个人在上半身尸体边吐了。但马克只听见背后响起了奇怪的呜咽声。他转身去看声音的源头。是"钉爪"。他在哭。这个大块头男人就坐在马克身后几英尺处的土里，锃亮的大光头低垂在大腿上方，前后摇晃着身体，怀里抱着那团浴袍——库特裹在里面的，是弗雷迪·塔滕的碎尸。此刻的"钉爪"尼尔森·麦肯纳，失去了世界上最后一个真正的朋友。

17

埃德蒙乡村厨房餐厅

佐治亚州，范宁县

怎么会有人在这种鬼地方吃饭?

瓦妮莎垫着湿纸巾,把埃德蒙乡村厨房餐厅的菜单推到了卡座另一边。菜单黏糊糊的,粘着干掉的果酱。她和宗一起出行的时候,为了保险起见,两人总是保持一定的距离。多数时候间隔几英里,这对她来说再合适不过了。她通常会找个像样的地方吃点东西或看看书,再喝杯酒,躲躲清净。当然了,这里是佐治亚州,除了在亚特兰大或是雅典城、"桃州"的任何一家餐馆都只不过是华夫饼屋或丹尼斯连锁餐厅的变种。这家埃德蒙餐厅也是一样。餐厅像个长方形的盒子,摆放着亮橙色的卡座,用透亮的荧光灯照明,还有个仿佛生来就穿着围裙的女招待。这趟漫长的旅程真是又无聊又让人失望。为什么会有人选择住在山里,而不是海边,真是个让人挠破了头也想不明白的问题。这间难看的24小时路边餐厅里唯一的女招待戴了个名牌,上面写着"杰里美"——结尾是"美"而不是"米"。瓦妮莎觉得这个俏皮的变化是为了让人搞清楚性别。也许做个区分的确对杰里美有好处——她的身材毫无曲线。

到了夜里这个时间,算上瓦妮莎,店里只有两张卡座有人。另一张坐了三个红脖子,两个体型像成年海象,第三个是瘦瘦的书生气小伙子,戴着金丝边眼镜,应该是从家庭一元店买来的。很明显,他们是本地人,已经喝了一轮甜茶,桌上摆了一篮玉米面包。但过去的十分钟里,瓦妮莎却只从那个叫杰里美的女人手中要到了一杯冰水,喝起来像是从后面的池塘里打上来的。去你的,她想。反正她也不会吃这些油炸垃圾食品的。于是，她从手包里掏出一本平装版的《伊甸之东》，希望人们继续无视她的存在。果然，才看了三页，杰里美终于决定溜达过来，问瓦妮莎是否准备好点餐了。她轻轻折起页角，合上小说，向这位毫无亮点的金发女招待询问，菜单上有没有不是油炸的食物。这下可把杰里美难住了，只得拿起菜单查看。

"你看，杰里美，我只是在这里等人，而且不是很饿，所以如果给我一杯咖啡，再加上一块你们这里最新鲜的派，我觉得就足够了。"

杰里美显得有点不爽，把嘴里的口香糖换了一边："女士，我很抱歉，但卡座通常是预留给两个或以上客人的。"

瓦妮莎环视着另外十二张空着的卡座："现在差不多凌晨两点了吧。"

"我想是两点多一点。"杰里美没领会她的意思。

"难不成你们两点半还有个用餐高峰？"

"规矩就这么定的，女士。"

"好吧。我可以理解，至少本来愿意去理解，如果你们这儿还有别的客人的话。但考虑到目前的顾客数量，杰里美，你觉得我们能不能先把这条规矩放一放？"

"可以，女士，我让你坐下，就已经破了规矩了。但你至少得点一整个套餐，否则卡尔肯定会让我溃崩的。"

"让你溃崩？"瓦妮莎拉下墨镜，把一缕齐肩金色假发别到了耳朵后面。

"你知道，"杰里美很惊讶，"就是把我骂成狗啊、不给我好日子过什么的。你没听过这句话吗？"

"还真是头一次听。"

"你看，我只上夜班，超惨的。我实在不想把卡尔惹毛，这样就永远上不了白班了，你知道吗？我有孩子，过夜的保姆费贵得要命。"

瓦妮莎看着杰里美贴在点餐板上的照片，上面是两个开心自在的金发小孩。她摘下雷朋墨镜，放在桌上。"好，这样吧，给我来三个菜单上最贵的套餐，装在打包盒里。这样一来，我选择这个座位，理由是不是足够正当了？"

"你的意思是，如果你点了那些，是不是就能继续坐在这儿了？"

瓦妮莎叹了口气："是的，亲爱的。我就是这个意思。"

"嗯，我觉得可以了。"

"太好了。"瓦妮莎又拿起了书，翻到折页处。

"你想知道那几个套餐里有什么吗？"

"绝对不想。"

"好吧。"杰里美在本子上划拉了几笔。瓦妮莎在找自己看到那页书的什么地方了。"你说这些套餐都打包？"

瓦妮莎已经懒得再说话了："对。"

杰里美啪嗒啪嗒地嚼着口香糖，又划拉了几笔。

"那你的咖啡和派还要不要？"

瓦妮莎放下书，挺直身子，深吸了一口气："要，如果不是太麻烦的话。"

"哦，不会啊，女士，一点也不麻烦。你想让我先把派拿过来吗？"

"相对于我要打包带走的食物而言？"

"呃，对，女士——没错。"

"是的，杰里美，我想先吃派。现在我们都说好了吗？这本书的同一句话，我都已经读了三次了。"

瓦妮莎一定是触发了某个机关。"女士，没必要脾气这么大吧。我只不过想给你最好的服务。"

瓦妮莎嘴唇一抿，冲着对面的空座位点了点头："当然，杰里美。

抱歉。我不是故意让你溃崩的。"

女招待笑了:"啊,你在跟我开玩笑,对不对? 你好好玩啊,女士——而且也很漂亮。"

"谢谢。"瓦妮莎第四次拿起了书。杰里美消失在了那扇橘色和白色相间的门后,往埃德蒙餐厅魔法发生的地方走去。

那个白痴的大屁股还没离开座位,她就看见他要过来了。一个二十出头的本地小伙提了提牛仔裤,穿过餐厅往瓦妮莎的卡座走了过来。她把头一低,垂下金色假发的刘海遮住脸。海象身材的小伙两手往桌上一放,做了自我介绍:"我叫泰迪。"

她抬起头来。泰迪的 T 恤是芥末色的,但可能刚买来的时候不是这个颜色。T 恤很紧,绷得他一对豪乳呼之欲出。他戴着卡车司机样式的棒球帽,前面印着"F. B. I"的字样,两侧是网状镂空。瓦妮莎一眼就能看穿这两片网状物之间的脑子里在想什么,差点当着他的面笑了出来:"有什么我能帮你的吗,泰迪?"

"我还真希望你能帮我。我和那边的哥儿几个打了个赌,不知道你能不能帮我们破了这个赌局。"

瓦妮莎把书合上,推到桌子另一边。她不会再去读了。"怎么帮你呢,泰迪?"

"是这样,我们刚才坐在那儿打量你来着,猜你是从哪里来的,因为你肯定不是本地人。"

"嗯,说得对,泰迪。"

"所以你介意我们问你吗?"

"这个小赌打赢了有什么奖励?"

泰迪微微俯下身子,咧嘴一笑,牙齿出奇地整齐、白亮:"嘿嘿,这位靓女,赢了的人有幸为你买单。"

"是吗?"

"是的，女士，就是这样。"

她往泰迪身后看去，另外两个小伙子还坐在桌边。其中一个看起来可能是泰迪的孪生兄弟——弗雷迪，她想象道。他冲她挤了挤眼。另一个戴眼镜的微笑了一下，害羞地挥了挥手。她没有冲他挥手，但觉得那孩子笑起来挺可爱的，面相也和善。瓦妮莎甚至觉得，要是那孩子搬到至少二百英里以外的随便什么地方去，也许会迎来生命中的转机。"那你是怎么猜的，泰迪？"

"我？我当然猜是纽约啦。"

瓦妮莎摆出一副难以置信的夸张神情："我的天呐，泰迪，你中了头彩了。"

他冲小伙伴们一竖大拇指，微微吸了吸肚子。"哼，对，我就知道。绝对是。保准没错。但你猜怎么着？"泰迪伸出两只胳膊，手心朝外，往后退去，"一切到此为止。我知道你根本不认识我，而且我也不想让你觉得奇怪。我只想为你买单，因为我是个好人。我不抱任何期待。"

"嗯，谢啦，泰迪。"

"我只是喜欢为可爱的人做些可爱的事情，如果那个人碰巧路过我们这个小小的人间仙境的话。我并不指望得到任何回报。"

"你真好心，泰迪。"

"我甚至连一个拥抱也不会去要。"

"太好了，再次感谢，泰迪。"她冲他亮出了一个超美的假笑，笑容定格在那里，直到他明白这出戏该收场了。他抬抬帽檐，笑了一下，明白这个赌他已经输了，因为他们真正赌的是他能不能从这个金发靓妞这里得到一个拥抱。"好吧，好好享受今晚剩下的时间，女士。"

"谢谢，泰迪，我会的。"

泰迪一屁股坐回座位上，被伙伴们好一通笑话。他回头看她，刚好看到杰里美往桌上放了三个打包盒，里面是埃德蒙餐厅最好的套餐。泰迪更加失望了。杰里美走开了。

还是没有该死的派。

瓦妮莎盯着对面的橘色塑料座位，练习着自己的呼吸，直到杰里美端了杯咖啡过来："我把账单给那边的泰迪了，他一定要替你付钱。"

"他人真好，那个泰迪。"杰里美俯下身子，"他肯定想不到那是张什么样的账单，但管他呢，对吧？"她伸出一只拳头，瓦妮莎觉得她应该是想跟自己碰个拳头，但她没伸手。她包里的手机在振动。这是宗在通知她五分钟后到。他们出来了。

感谢上帝。

"听着，杰里美，我能问你一件事吗？"

"当然。"

"你想没想过去上大学？"

"当然。"

瓦妮莎等着下面的话，但这就是她全部的回答了。

"好吧，那我问你点别的。要是你现在有 500 美元现金，你会怎么花？"

"很简单。我会先把车主证弄回来，否则我就要没车开了。那些人真是坏透了。"

瓦妮莎站起来，从钱包里掏出五张百元大钞，对折后塞进杰里美手中。

"拿着，"她说，"去把车主证买回来，剩下的拿去申请个技术学校。让你的人生从今天开始改变。"

杰里美粲然一笑："谢谢你，女士。"

瓦妮莎把手指放在嘴唇上，冲另一桌客人歪了歪脑袋。杰里美眉飞色舞地对她挤了挤眼,用手指在空中划出一个心形。瓦妮莎戴上墨镜,把手包往腋下一夹:"你们的垃圾桶在哪里,杰里美?"

"那儿,"她指了指,"就在前门旁边。"

"谢啦。"瓦妮莎拎起那摞 25 磅重的南方油炸外卖,往门口走去。她转身直视着泰迪;果然,泰迪正盯着她的一举一动。她微微一笑,把三个盒子都丢进了垃圾桶。光是看他那张胖脸上目瞪口呆的表情,她在这儿浪费的每一分钟就都值了。她风情万种地冲他挥了挥手,用屁股顶开了门。

"死'拉拉'!"门关上之前,里面有人喊道。

他就这点本事?真可怜。

到了离自己的车还有几英尺的地方,瓦妮莎听见埃德蒙餐厅的前门又开了,一个声音喊道:"嘿!"她的心跳瞬间开始加速。她没有应声,继续走着。"嘿,等等。说真的!"瓦妮莎觉得手心开始出汗,后颈发冷。

她在自己的车和一辆红色雪佛兰索罗德皮卡之间停住,把手包放在宝马车顶上,外套袖子挽到胳膊肘。身后的声音已经来到了耳边:"见鬼,小姐,你耳朵有毛病吗?"根据声音的大致方位,瓦妮沙猛地转过身来,只差一点,就要把夹在手指间小刀片似的一把钥匙戳到金丝眼镜小帅哥脸上了。她收住了拳头,小伙子往后一跳。

"哇哦,小姐,别紧张。你忘了这个。我只不过想在你走之前追上你。"男孩举起了瓦妮莎忘在屋里桌上的那本破破烂烂的《伊甸之东》。

"哦,真是——抱歉。我还以为……"

"嗯,没事。天黑了,你又是一个人。我明白的。我只是觉得这本书也许对你很重要。"

"你都不知道有多重要。"瓦妮莎一路走来为了隐藏身份费尽心机。假发、墨镜、包里的湿纸巾，带它们都是有原因的，但她竟然被餐厅里那个令人尴尬的肥仔分了神，完全忘记了自己一直试图看下去的这本书，上面可都是她的指纹啊。

大意了，她想。 大意、愚蠢。上帝保佑这个小伙子。

"这书挺好的，我几年前读过。给你——"他把书递过来，瓦妮莎接过去，收拢了钥匙。"斯坦贝克是我最喜欢的作家之一。"小伙子说。

"非常感谢。而且我要再次为我刚才下意识的反应道歉。我还以为是你那个朋友呢。我对他不太友好，对此我也要说声抱歉。"

"泰迪？"小伙子回头看了一眼餐厅，"没事，不用担心。反正他人畜无害，连跟女生去她车子的胆量都没有。特别是让他那么下不来台的女生。"

"嗯，刚才我的确不太礼貌。但我很高兴你跟过来了。"

"不客气，女士。祝你晚安。"

"你也是。"

小伙子转身回餐厅，瓦妮莎抓起车顶上的手包。她得睡一会儿。她开始大意了。以前她绝不会露出那种破绽。她完全没想到那本书。而且她现在肯定还晕着，因为她也没听见那个小伙子又转身朝她过来了，抡起拳头，一拳打在她肩胛骨中间的脊柱上。这一拳打得她手脚并用跪在了地上，疼痛瞬间传遍了全身。墨镜从她脸上飞了出去，落到了人行道上。

"里面那人不是我朋友，贱人。他是我表哥，是亲戚，而且他是个好人。"

她想爬起来，但那小子一脚踢在了她的肋骨上。她撞到皮卡车边上，仰面朝天摔在后轮旁边。她觉得自己要昏过去了。那个毫不张扬、眼睛和善的金丝眼镜小伙儿在她面前蹲了下来。

"觉得怎么样，公主殿下？你喜欢捉弄人是吧？你觉得你比我们乡下人强？泰迪没打算对你做什么坏事，他只不过想要漂亮姑娘的一个拥抱。没什么大不了。你可以说个不就完事了，但你偏不，你非要无缘无故地让他难堪。你们这种贱人，觉得自己安着假奶子，穿着从大商场买来的衣服，就可以怎么快活怎么来？哼，你猜怎么着，小公主，在这里你想都不要想。这是我们的镇子。我们住这儿。我表哥住这儿，你让他丢尽了面子，就别想从这里过。还真当自己是小仙女了？是时候给你这个白骨精一点教训了。"小伙子又作势要打。

　　"等等。"她哼了一声，抬手挡着脸。

　　那小子张开巴掌扇她，但多数都打在了她的手背上。"住手。"她说。

　　"住手，想得美。等你挨了这顿胖揍，公主殿下，下次你再想对乡下人撒泼，就要考虑考虑了。"他起身抓住瓦妮莎的一把金发，猛地一拉，却只拉下一顶假发。"搞什么飞机？"他困惑地看着假发，这么一分神，正中瓦妮莎的下怀。她挥起左脚扫过人行道，踢得小伙子失去了平衡，髋骨着地重重地摔倒了。接下来，瓦妮莎受过的训练就发挥了作用。她用两条大腿夹住他的脖子，锁紧脚踝，身子一拧，腹部贴地，绷紧了全身。

　　睡吧，混蛋。

　　只听啪的一声，她放开了他，把一条腿从他身上拿开。他的脑袋朝奇怪的方向扭了过去，从她另一条腿上滑落，重重地撞在柏油路上。

　　该死，发生了什么？这小子也太脆弱了吧？瓦妮莎喘着粗气，翻身躺在地上。

　　该死，该死，该死。她一阵头晕。她只想把他弄昏，并不想扭断他的脖子。她甚至不知道自己可以扭断别人的脖子。

　　但你做到了。面对现实吧。

她的背还疼着，因为刚开始被他偷袭了那一拳。但她很快克服了疼痛，查看了卡车周边。没人从埃德蒙餐厅出来——目前还没有。她检查了那小子软绵绵的脖子，明知不可能，但还是想看看有没有脉搏，接着抓住他的肩膀，想把他抬起来。瓦妮莎目测他大约有200磅。防御训练是一回事，但拖死人是另外一回事。把这个白痴弄进车里会花掉太多时间。她必须撇下他。"见鬼。"她气呼呼地一放手，他平躺着跌落在地。她检查了他的手，看是不是有刮伤，还检查了他的指甲，看里面有没有从她身上抓下来的什么东西。没有任何打斗的痕迹，指关节上连淤青也没有，就是个在停车场里弄断了脖子的小伙子。她翻了翻他的口袋，找到一把折叠小刀，一点零钱，一个没开封的安全套，还有他的钱包——装着30美金和一张刮开了的彩票。

　　抢劫案。这小子被打劫了。控制你的呼吸，慢一点，慢下来。你能控制住局面。放慢呼吸。别落下东西。按照宗教你的做。记住你受过的训练。你可以的。

　　瓦妮莎放低身子，拾起了她的东西——太阳镜、书、假发、手包和钥匙。她把死去的小伙子口袋里的东西装进金色假发的发网里，又捡起在打斗中掉落的一只鞋。她最后扫视了停车场一圈，看有没有落下任何会暴露身份的东西——没有。她在发抖。

　　保持冷静，姑娘。

　　瓦妮莎一按无钥匙进入按钮，坐进车里。一进车子，她就把整件事在脑中又过了一遍。她从后视镜中看了看自己：一头黑发往后紧紧地梳成发髻，用发卡固定住，脸上没有伤——没有割伤，也没有流血。她的手还在抖，但手上也没有割伤或是刮伤。她毫发无损。她和他身上都没有留下对方的痕迹。她是对的，局面控制得住。她缓缓吐了一口气，发动宝马车，从一排垃圾桶旁的后车道悄悄开出停车场，消失在高速公路上。还没开出十英里，她就笑了起来。还没开出十五英里，她就打开窗户朝外喊了起来。她自己捅的娄子，自己兜住了。尽管她这么做的时候可能还不知道自己在做什么，但就在那个叫贝西·梅·瓦伊纳的姑娘内心深处，潜伏着她的新人，她叫瓦妮莎，瓦妮莎要证明自己，而她刚刚做到了。没人能伤害她。再也不能了。库特不能，任何人都不能。等她开到麦克弗斯县的时候，瓦妮莎最大的担心已经变成了她的衣服看起来是不是真像从该死的大商场买的了。

18

库珀牧场

克莱顿在库珀牧场呆了大半天。他有一阵子没来了。因为没人除草，从路上往这边看的时候，左边角落里的大多数墓碑都字迹难辨，甚至根本看不见。哈尔福德通常会派人来打理这些事情，但一旦没人挥鞭子，大家也就觉得无须过来照看这个地方了。克莱顿认为自己应该来照看这里，他会的——最终会。不过这片地这么久没人动过，他也挺高兴的，因为这样一来长高的不只有野草和牧草，就连通常会被除掉的野花也一丛丛开得鲜艳，洒满了山坡。到处都盛开着橘色和黄色相间的花朵，凯特很喜欢，叫它们"风火轮"。克莱顿花了好久，成把地摘着这些花。他已经不记得上次给她买花是什么时候了。他也不记得上次她对他撒谎是什么时候。他觉得她从来都没有对他撒过谎，直到前晚。

前晚他们一起洗了澡。他给她洗头发的时候，她说她晚上是和查梅因·斯夸尔出去的，小姐妹聊了聊天。她说她喝了几杯葡萄酒，所以等酒劲过了才开车回家，其它就没什么了。那是她的话。那晚大约10点，在她到家两小时之前，达比从医院给他打了个电话，问他警察局电脑报警系统软件的问题。白崖路炼毒室爆炸案之后，达比卧床休养，就只剩下克莱顿新招的伍德森·斯夸尔值夜班了，但小伙子对电脑系统搞不太懂。达比还告诉克莱顿，新来小伙子的妈妈查梅因·斯夸尔太太总是过来给他们送吃的，真是太好了，因为她的手艺棒极了。他说其实当晚伍德森就在警察局吃猴子面包来着，是他妈妈刚送来的，就在他打电话过来的几分钟之前。他说他真不想待在医院里，因为伍迪妈妈做的猴子面包简直好吃死了。他说那是她特别烤制的，因为那是她儿子第一晚正式独自掌管麦克弗斯县警长办公室，她非常骄傲。有那么一瞬间，克莱顿心里很慌，他觉得凯特可能有外遇了。但凯特又是那么忠诚，她只要还和他在一起一天，就不会对他——或她自己做那种事。而且她一回家就把他扑倒了，说明根本没有外遇。他们一起洗澡的故事，就是这么来的。但她还是——撒了谎。

有些事不大对劲。

克莱顿在库珀牧场里转悠着，一把把采着"风火轮"，直到腿上感到振动。他掏出手机，屏幕上显示着一个他好久没见的名字。他笑了，按了接听键，把手机放在耳边。

"原来是查尔斯·芬尼根啊。佐治亚州最棒的小探员，你好吗？"

"这个嘛，医生说我需要减50磅的肥。我还莫名其妙得了前列腺炎。办公室空调坏了，我正跟多年来最严重的一起汗淹屁股案作斗争。你怎么样啊？"

"嗯，我嘛，在你向我描绘了如此美妙的一幅画面之前，我正好好地在我爷爷的牧场里待着，为老婆采花。"

"你老婆找你麻烦啦？"

"老兄，我就住在麻烦窝里。"

"明白。"

"那么，你打电话给我，到底是要说你屁股出了多少状况，还是真的有事？"

"你还别说，就连我屁股这么重要的事情，今天下午也只能排到第二位了。我打电话是想让你帮我一个忙。"

"哟，这倒是头一回嘛。"

"我就说吧！一般都是你们这些乡巴佬需要我渊博过人的知识和经验。但这次，我破天荒地有个案子，觉得找个土包子问问也许有用。"

"好嘛，话说得真够客气的。"

"可不是么。我刚才说，我在查一个你们那边的案子——"

"先等等，查尔斯。我不知道你听说没有，我已经半退休了。最近我行动不太方便，所以多数案子都是我的副手达比在处理。很可能下次选举他就会接替我的位置。"

"嗯，我听说了。我打电话来也有这个原因。这个一会儿再说。但我现在查的这个案子需要你做的事情不多，只是想让麦克弗斯县出几个人帮我盯着点，因为佐治亚州调查局人手不太够。"

"那好吧。是什么案子？"

"你认不认识范宁县的警长？跟你一样也是个乡下人，叫戴恩·柯比。"

"我认识戴恩，他人不错。2010年我还为他的竞选拉票来着。怎么啦？"

"他那儿出了一桩杀人案。"

"不会吧。"

"真的。有个当地的孩子脖子断了——脑袋差点被拧下来——在一家叫埃德蒙乡村厨房的炸鸡店停车场里。"

"有目击者吗？"

"没什么信得过的，只有街对面一个醉汉，说是记得事发之前有辆豪车停在停车场里。他说他之所以记得这一点，是因为以前从来没有豪车停在埃德蒙餐厅那种烂地方。"

"他记得车牌吗？"

"可以说记得，也可以说不记得。他不记得任何数字，但他说车牌的最后两个字母是 ED，而且车牌上有个桃子。"

"就这些？"

"对。"

"线索不多啊。"

"我知道，但我让那人看了一些不同汽车的照片，最后锁定了一种新型的宝马车——是黑色的。我知道这点线索可能帮助不大，但我想也没有多少8万美金的宝马车在山里开来开去。要是有的话，一定特别扎眼。"

"嗯，我觉得也是。"

"所以你能帮我传话下去吗？"

"当然，查尔斯。但最近我们自己人手也有点儿紧张。达比前些日子在炼毒室爆炸案中受伤了。我来想想怎么办吧。"

"天呐，克莱顿，那孩子没事吧？"

"没事。他会好起来的。他壮得跟头牛似的。但我会告诉他你问候他了。你也帮我告诉戴恩，希望他早日抓获罪犯。我知道范宁县没多少案子，他刚好可以立个大功。"

"我会把话带到的。现在来说说我之前提到的另外一件事。"

"什么事？"

"关于你土包子警长当不久了那件事。"

"怎么啦？"

"你决定好了？"

"其实谈不上是决定，查尔斯。我只是觉得我该退下来了。我行动起来不如以前灵活了。要是那天去白崖路的不是达比，而是我，我觉得咱俩现在应该说不成话了。"

"现在跟我说话的这个人，胸口可是吃了两颗强力来复枪子弹啊。但他还是活下来了，还能跟别人谈论自己中枪这件事，对吧？"

"嗯，对，但一个人能有几次死里逃生的好运气呢？"

"那就是说，你也要变成我这样的糟老头子了？半只脚入土了，对吧？"

"不，查尔斯，我是说，现在的我要是追着波拉德商店的小偷进了林子，一定会摔个狗吃屎，爬都爬不起来。这还是挺让麦克弗斯县的乡亲们泄气的。你懂我意思吗？"

"我懂，但要是你不用再去追小偷了呢？"

"什么意思？"

"我的意思是，让你改坐办公室怎么样？"

"你想说什么，查尔斯？"

"我让你来工作，你个乡巴佬蠢蛋。"

"在佐治亚州调查局工作？"

"不，克莱顿，是在沃尔玛门口当迎宾……当然是在佐治亚州调查局工作啦！我们失去了很多得力干将。我们培训出来的所有称职的人，都往上爬到联邦级别的单位去了。所以一个不想跳槽的老侦探对我们来说是很宝贵的。"

"你说的是碰巧瘸了腿的侦探？"

"我说的是我可以信赖的侦探，比其他任何人都更了解山里的情况。"

"我不知道，查尔斯。凯特跟我关系刚好了一点，你就跟我谈工作调动。我们的孩子还小，而且——"

"不多说了，伙计。我打电话不是来给你压力的，只是告诉你有这个机会。你自己考虑吧。或许可以跟凯特谈谈。也许将来等你不想干警长这个差事，想做点别的了，你会接受我的提议。"

"谢了，查尔斯。但我现在唯一想做的，就是把这些花拿回家送给老婆。"

"真是个聪明人。我眼光果然没错。总之，盯着点儿黑色的宝马车，让你的童子军小伙子们多加留意，要是有进展，告诉我一声。"

"我会的，查尔斯。"

"好。你自己多保重，克莱顿。"

"你也是，查尔斯。"

克莱顿挂了电话，盯着手机看了很久。要是老爸知道儿子能去当探员，一定会非常骄傲。他差一点就这样手插在外套口袋里走回了野马车，几乎忘记了他来这儿的目的。他捡起之前丢回草里的几束"风火轮"，扔到了卡车后座上。明天又是新的一天了，但今天应该用来赎罪。他手搭凉棚抬头望去——太阳在5点钟方向。现在去乐奇餐吧喝上一杯，真是再好不过了。他知道回家后要跟凯特谈谈前晚她到底去了哪里，这让他很害怕。他一点都不想和老婆吵架。他希望这些花是一步好棋。他知道去乐奇餐吧喝酒绝对是一步臭棋。他绝不能这么做，不管听起来有多棒。

19

乐奇餐吧

维莫尔山谷小镇

克莱顿从办公室里凝视着街对面乐奇餐吧的红白招牌。上面写着"快请进……"，克莱顿知道他会的。

　　他走进餐吧，穿过餐厅，来到酒吧。乐奇就是他想象中一天那个时候该有的样子。这里白天是餐馆，也是主街上最大的餐厅，摆着固定的高脚凳和塑封菜单，桌上放着塑料盐瓶和胡椒瓶。但只要不是周日，每晚6点过后，这里就兼当起镇上的酒吧来。酒吧服务员妮可是个二十出头的漂亮小妞，就是维莫尔多数女人都讨厌的那种二十出头的漂亮小妞。此刻她正在吧台后面，为这里从白天到晚上的转型做准备。灯光依然明亮，灯罩还升得很高，但桌布已经折起来收走了。菜单塞到了柜台下面，吧台上堆起了一箱箱的百威清啤和云岭啤酒，准备冰起来晚上卖。有张桌子坐了两个猎人，提早吃着晚饭。吧台前面坐着个身材修长的金发女人，正喝着一杯白葡萄酒。跟她隔了几个座位的高脚凳上坐着一个小伙子，穿着脏兮兮的橘色T恤，正在和妮可搭讪。而妮可正切着柠檬和青柠，为她接下来几个小时中要调制的鸡尾酒做准备。她边和那个指甲缝里藏着屋顶沥青的小伙子调笑着，边把一角角水果丢进她放在吧台上的一排小塑料杯里。一见克莱顿坐到了吧台旁边，妮可便把小刀放在了切菜板上。

　　"嘿，警长，今天是来吃饭，还是来喝酒？"

　　克莱顿想笑笑，但没有心情。妮可一看就明白了。"喝酒。"她倒了一杯纯双桶波本威士忌，放在他面前。他看着琥珀色酒液中自己的倒影，讨厌起这张脸来。那个孩子不该死。他本可以阻止这一切。几天前在波拉德商店，他就可以阻止这一切。他本可以在孩子偷啤酒的时候把他抓住,但他却选择了坐在卡车里灌威士忌。"我喝这一杯就好。"他去口袋里摸钱包,但妮可摆了摆手。

"酒钱已经挂在别的账单上了,警长。你朋友说她会帮你付。"

"哪个朋友?"

妮可看起来很不解。"嗯?就她啊,"她指着喝葡萄酒的金发苗条女人,"她说她等着见你。"

克莱顿看了看几张高脚凳外的那个女人。她长着一对明亮的蓝眼睛,礼貌地冲他挥了挥手。

"我不认识她。"

"但我认识你,伯勒斯警长。"女人说。她拿起自己的杯子,坐到了克莱顿身边的吧凳上。

"对此我表示怀疑。"

"真的。我很了解你。"

克莱顿抿了一口波本威士忌:"那你应该知道我已经结婚了,对吧?"

"是的。"

"那你有何贵干?"

瓦妮莎举起酒杯,像摇晚餐铃一样晃了晃。妮可给她新端了一杯满的,换走了之前的酒杯。"我叫瓦妮莎·瓦伊纳。"

"然后呢?"从开始看了她一眼之后,克莱顿就一直盯着自己的酒,没有再抬头。

"几天前,我侄子在公牛山上被杀了。"

"再然后?"克莱顿又艰难地咽了一口酒。瓦伊纳这个姓他是知道的。瓦妮莎从吧凳上转过身来,面对着他。

"我相信,是你杀了他。"

20

跋溪路

在过去的职业生涯中，克莱顿已经习惯了别人拿枪指着他。但被两个站在他自家门廊上的男人拿枪指着，则完全是另外一回事。克莱顿本能地把野马车往左一转，尽可能多地让钢铁车身挡在自己和门廊上的枪之间，抓起了座位中间架子上的来复枪。还没等脑子跟上自己的动作，他已经下了车，蜷缩在前翼子板后面，随时准备开火反击。门口出现了第三个人，脸上有疤，只有半张脸上长着浓密的胡子。克莱顿把前额抵在挡泥板内侧温热的金属上，舒了一口气。他感到一阵轻松，但还举着来复枪。瞄准克莱顿的两人中，其中一个的后脑勺被"疤瘌迈克"拍了一巴掌，破棒球帽都被打下来了。两人都放下了枪，怏怏地回到前门两侧奉命蹲守的位置，就像两个被骂了的孩子。

"克莱顿，"迈克喊道，"是我不好。我应该告诉他们这是你的卡车。"

克莱顿还举着枪缩在那里："这他妈到底怎么回事？凯特在哪儿？"迈克还没回答，凯特就出现在了门口。她拿着他放在门口的胡桃木拐杖，拨开了迈克和台阶上的两个人。见到了显然平安无事的妻子，克莱顿这才放下枪站了起来。臀部剧烈的疼痛瞬间传到了腿上，就像一根钢筋插进大腿，直捅到膝盖。他疼得眼泪都涌了上来。今天他对自己的体力极限挑战得太厉害了。凯特来到他身边的时候，还以为他眼泛泪光是因为担心她。这让她心软了下来，他也就没告诉她实情。她一下子就闻到了他从乐奇餐吧带回来的威士忌酒味，但她忍住没说他，反而搂住了他的脖子。

"出什么事了，凯特？"血液里涌上来的肾上腺素让他还能自己站着，但他还是接过了她的拐杖。

"没什么，宝贝。"

"是吗？所以迈克和两个拿枪的混蛋才站在我家门廊上？"

凯特擦去了克莱顿面颊上的泪水，抚摸着他的胡须，一遍遍地亲着他，甜蜜而又轻柔。他的心情缓和了下来，但只是一点点。

"他会跟你解释一切的，"她说，"快进屋吧。"

"埃本呢？"

"他好着呢，正在护栏里等着见爸爸。快进来吧。"凯特拉住了克莱顿的手，他一挥肩带，把来复枪甩到了后背上。

"等等。"他说着，用胡桃木拐杖的一头把还开着的野马车门关上。那束野花现在已经散落到了车厢地板上，完全被他忘了。他任由凯特牵着进了屋，路过门廊上那两个人身边时，他们尴尬得不敢和他对视。"疤瘌迈克"跟着他们两口子进了屋，站在前厅里，帽子拿在手上："见到你真好，克莱顿。"

"别见怪啊，迈克，但你能不能别用这种废话当开场白。你干吗不告诉我那天你带到池塘边的孩子是谁？他——我——"

"现在那已经不重要了。"

"不重要了？开什么玩笑？迈克，我——"

"你只不过为保护你的家做了该做的事情。"

"可我并不想杀他。"

"得了吧，克莱顿。不杀他还能怎样？"

"我不愿意杀人，迈克。"

迈克没有再争辩。他知道，克莱顿想说服的其实并不是他。克莱顿转向凯特，想让她替自己撑腰，但他从她的眼中看得出，她是不会这么做的。他难受地盯住了地板。

"克莱顿，没事的。"

他又抬起头来，看着自己的妻子。他本以为会从她眼中看到对自己所作所为的反感或恐惧，但并没有。他只看到了关心。这下子泪水真的开始在克莱顿眼中打转了："他只有十八岁。"

"你怎么知道？"迈克问。

"这个现在不重要。重要的是又有一个孩子送了命，而且是我的错。"

"他不是孩子，克莱顿。"

"那他究竟是什么？"

"是威胁。"

克莱顿就这么站着。他盯着那个脸上带疤的男人，本以为他是自己的兄弟，但现在却仿佛完全不认识："老天爷啊，迈克。你是谁？你知道那孩子死了，可那天晚上还是让我去开了会。"

"他威胁了你的儿子。"

"他是个孩子。"

"别再这么说了。"凯特说。

"为什么？他就是。他是个孩子，我杀了他。我结束了某个人的生命；更糟的是，我明知对方是罪犯，可还是和他们一起开了会，就像我不是这个县的警长一样。"

"你首先是一个父亲。"

"凯特，他只是个无辜的孩子。"

凯特从台面上跳了下来。"不，他不是。他是来自杀手家族的杀手。里面的那个男孩，"——凯特指着通往埃本房间的走廊——"他才是无辜的孩子。趁他还没长成穿着内裤、戴着防毒面具死掉的那种人，你得坐下来听听迈克要说什么。"

克莱顿目瞪口呆。他看着迈克，似乎所有的秘密都被揭开了，但迈克的眼神让他明白，还有更多的真相在后面。他收起了自己的负罪感，试图把注意力集中到为什么这些人会来他家这件事上。一定是发生了什么。他在餐厅的一张椅子上坐下，缓解了一下腿部的疼痛。"嗯，好吧，那么，到底怎么回事？"迈克和凯特也相继在桌子旁坐了下来。

迈克摘下帽子，想着从何说起："好吧，先说说池塘边的男孩。他们去"降落伞"酒吧打了劫。"

凯特一皱眉头："一听那个地方的名字就让人恶心。"

迈克没理她，接着说了下去："我们相信那不是一起偶然的劫案。我们觉得他们应该在找什么东西，比他们找到的那些重要得多的东西。"

"是什么东西呢？"克莱顿说着，抓了抓胡子。

"我们觉得他们是要找你大哥的钱。"

"什么钱？"

迈克把身子往前一探："好吧，先说说之前的事情。在过去几年里——在联邦突袭之前，比你中枪的时间要早得多，比哈尔福德把你逼到那种地步的时间也早得多。"

"哪种地步？杀他的地步？杀死我亲哥哥。"

"对，我想我就是这个意思。不管你怎么措辞吧。在那些事情发生之前，还有一件事情。哈尔福德……我不知道，他那阵子不太好。他总是疑神疑鬼，从你父亲那里传下来的。但到了最后，哈尔变本加厉了。他的行为举止变得很怪。有时候我也不明白他做的某些事背后有什么目的。"

"哼，少来。"

"克莱顿，别这样，听我说完。"

"好吧。是怎么个怪法？"

"他——他有时候对我们很奇怪。"

"怎么奇怪了？"

迈克想出了一个例子："比如有几次他把我们都叫到大院——桌子跟前——可那是半夜三更，或是一大早太阳还没出来的时候，只不过为了数弹药，或是检查除了他之外似乎每个人都明白的财务状况。他经常自言自语，有时当着我们的面也这样。你父亲刚去世他就开始自言自语了，日子越久情况越糟。所以有些人开始怀疑他的领导能力，但只要他察觉到他们有一丝怀疑……"

"他就会杀了他们。他会杀自己人。这不是什么新鲜事。"

迈克突然显得有些疲惫，略显尴尬地说道："就在那天，他袭击你办公室那个姑娘那天，也就是你把他打死那天，他当着我们的面杀了一个男孩，距离他自己中枪不到一个小时吧，就在他自家门廊上。他一枪打在那孩子的肚子上，然后叫我们收拾残局。我认识那孩子，他叫'兔子'。他的确是个靠不住的小混蛋，但很忠诚——人傻，但忠诚。更重要的是，那孩子出生和长大的地方，就离我们现在坐着的地方不到20分钟车程。"

"天呐，"凯特说，"你和那孩子很熟吗？"

迈克看起来有些困惑："呃，也没有。不算很熟，但那不是重点。重点是，他是个好孩子，就出生在公牛山上。我们是不是正人君子另当别论，但他是自己人，而哈尔居然把他打成了两半，还叫我们打扫干净，好像那孩子只不过是泼在地上的啤酒，或是打翻了的粪桶一样。就在那时我明白过来，这一切都会完蛋的。只不过当时我还不知道会这么惨。"

凯特往后一靠，胳膊交叉在胸前："这下你总该知道，为什么我会问你干吗要跟着那个神经病了吧？"

"因为我爱那个神经病，"迈克的语气变得像凯特一样强硬起来，"他是我的兄弟。就像以前的巴克利。就像现在的克莱顿。你会为你的家而战。你不会背叛你的家人，哪怕在他们迷失的时候也不会。你和我一样明白这一点。哈尔福德迷失了，而我的任务就是帮他找到回来的路。"迈克拿起帽子扣回头上，压低到眉毛上面，"但我失败了。我辜负了他，我会永远带着这种遗憾活下去。所以现在我不想辜负你，克莱顿。我知道你对哈尔做了你该做的事情，但那都已经过去了，我们已经走到了现在这一步。"

"走到了哪一步？而且这一切和池塘边的那个孩子到底有什么关系？"

"哈尔让我们的资金保持流动。我们只用现金，但他从来不把钱放在一个固定的地方。这也是他从他父亲那里学来的。整座山到处都是他的藏钱的小金库，有很多，每一处我都知道。至少我以为如此。当时，除了哈尔以外，我是唯一一个知道我们的钱究竟在哪里、有多少的人。突袭开始的时候，我觉得联邦会找到其中的大部分，但我错了。他们只找到了哈尔散放在外面的那些。尘埃落定之后，联邦不再找了，也没给我定什么罪名。所以我检查了全部的小金库，却发现钱都不见了——每一个小金库都空了。"

"有多少钱？"克莱顿问。

"350万美金多一点，据我的记录。"

"老天爷啊。原来你来是为了钱。我早该知道。"

"先听我说。就连你老爸退位后再没动过的应急现金也不见了。我本以为是哈尔拿去和布拉肯他们做什么交易去了，或是更进一步，放到离岸银行去了，因为他就连我也不再信任了。但如果是那样，到目前为止联邦应该已经发现什么了，可他们没有。我觉得他们不会再找了。他们的确找到了100万左右，对他们来说已经是中了好彩了，所以我觉得他们应该是就此罢休了。"

"如果哈尔福德的脑子和你说的一样坏，那他可能在活着的最后几年里把钱都烧了。"

"我一度也那么想过，而且事实上，如果他真这么做了，我也不会觉得惊讶的。"

"但你现在又不相信了？"

"现在我有了新线索。"

"跟我说说。"

"马克刚回来没多久就来找我了，因为他爷爷欧内斯特跟他说了一件事。"

"所以出事前他已经回来了？"凯特困惑地扫了迈克一眼，而克莱顿困惑地扫了她一眼。他想到了那晚她说自己去向时对他撒的谎，但选择了保持沉默。

"不是你把他叫回来帮你找钱的吗？"

"不是，凯特。那时他已经回来了，但我的确在出事后让他参与找钱了。是真的，女士。"

克莱顿话头一转，化解了他们此刻的尴尬："欧内斯特说了什么？"

"他说哈尔福德死前三个月左右，有大半夜突然联系了欧内斯特——我说了，他经常这样——让他把山上所有的小金库都清空，每一分钱都取出来，全拿到大院来。他告诉他必须那天晚上干完，在太阳出来之前。"

"为什么？"克莱顿问。

"欧内斯特不知道。他没问。他是你父亲的老警卫，能爬到那么高的位置，就是因为什么都不问。太过关心伯勒斯家的事情，只会让你招来子弹。他只按吩咐办事。"

凯特起身从冰箱里拿来三瓶啤酒："哈尔死后，他也没想过告诉任何人吗？"

"就像我说的，他是个老警卫。那就意味着不多嘴——句号——什么都不说。况且，对于老一辈人来说，钱向来没那么重要。我觉得要不是因为马克是他的孙子，而且刚回来有天陪他打了一晚上牌、多灌了他几杯，他可能连马克都不会告诉的。"

克莱顿从凯特手里接过打开的啤酒："你刚知道这个消息的时候，为什么不告诉我？"

"因为钱让人疯狂，让人做疯狂的蠢事，而我们这里疯狂的蠢事已经够多了。想象一下，要是麦克弗斯县这边的每个乡下人都知道公牛山是座金矿，能来捞一笔，那我们该有多大的麻烦。要是那样，库特·瓦伊纳和他那帮手下反倒成了我们最不用担心的了。"

"所以你担心我也会变得疯狂？"

"不，克莱顿，我从不担心你。只不过……嗯……你和凯特最近处境有些不利，刚生了孩子什么的，所以我和马克觉得，我们可以自己去找那笔钱。"

"你们想独吞那笔钱。"

"不。我想保护你，保护你的妻子——和埃本。我说了，我辜负了你的大哥。我不想再犯那样的错误。等马克找钱有了眉目，我再让你加入。这是个糟糕的决定，而且我很抱歉。但我从来没有骗过你，克莱顿。从小时候到现在。"

克莱顿没吭声。据他所知，的确如此。凯特一拨头发，疲惫地长出了一口气："你压根没想过要是克莱顿找到了钱，他会交给警方，而不是你？"

"我们当然想过，但这事本来就应该让克莱顿决定。现在依然如此。"

"迈克，根本没什么钱，"克莱顿说，"我想你是对的。我觉得他把钱都烧了，就因为他可以这么做。我大哥是个疯子。"

"不，哈尔福德不是疯子。他很聪明。你们都很聪明。这就是为什么伯勒斯家族可以一直待在食物链顶端。唯一的问题就是，他为自己着想的时候有点聪明过头了，有时候这很危险，你们也都知道。"

"你们觉得瓦伊纳家去打塔滕的劫，就是为了找这些钱？"

"我觉得他们是听到了一点风声。但如果的确如此，那找这笔钱的人应该已经很多了，这对住在山上的任何人都是个坏消息。"

克莱顿往后坐了一点，把疙里疙瘩的拐杖横放在桌上。他觉得天旋地转。"我简直不敢相信会发生这种事情。"他看着自己的妻子。这一次他把她看了个仔细。她棕色的头发往后梳成马尾，一双绿色的大眼睛是那么吸引人，他只想跳进这对眸子中。"联邦或是马克这种职业追捕者都找不到的东西，你为什么会觉得我能找到？"

"因为我觉得哈尔福德会把它留给你，只让你一个人找得到。"

"你太抬举我了，迈克。我大哥恨我。"

"你错就错在这一点。哈尔福德不恨。他怕你。"

克莱顿哈哈大笑起来："这是我听过最扯的话了。"

迈克猛喝了一口啤酒："记得你说的洪水的故事吗？在大院说给布拉肯听的那个。"

"关于他第一次想杀了我的那个故事？怎么了？"

"那天我就在溪水旁边。我看见他站在那里，看着水里的你。我喊他去帮你，你猜他怎么说？"

"去你妈的，迈克，让他淹死得了？"

"不是。他说他不能救你。他说他要是救了你，等到父亲把公牛山交给你的那一天，那他就只能怪他自己了。"

"胡扯。"

"我告诉过你，克莱顿，我从来没对你说过谎。"

凯特站了起来："老天，迈克，这并不代表哈尔福德害怕什么。这只能证明他是个自私的混蛋，只关心他自己，甚至从那时起就是这样。"

"你可以这么看，但这件事肯定另有深意。对吧，克莱顿？"

克莱顿没说话，喝干了啤酒。

三人静静地坐了很久，随后迈克跟克莱顿说了大院遇袭的事情。"那个王八蛋库特说要取我们三条人命。他已经杀了两个。我相信他下面要冲着你来了。我不会让这种事发生的。所以'小子'和'瘦子'才守在外面。"

克莱顿还是没吱声。他起身又从冰箱里拿了瓶啤酒，回来坐下，在桌上慢慢滚着胡桃木拐杖，最后停了下来。

"我想我知道他会冲我来。今天我遇见了一个女人，说是那个男孩的亲戚，就是我……"克莱顿一阵失神。

迈克把他的思绪拉了回来："就是池塘边的那个男孩？"

"对。她名叫瓦妮莎，瓦妮莎·瓦伊纳。她是那个男孩的姑姑。"

凯特想插话，但克莱顿举起了一只手，她就没有开口。"她说她和布拉肯一起做事。她说她帮他联系毒品，就是他们想从这里运过去的那些。她还说正是她无意之中播下了种子，让她侄子和同伴动了念头来打劫。她觉得这好像是她的错，他的死也是因为她。她告诉我，她的家族并不想寻求任何报复。"

"所以那天晚上是怎么回事？"

"她说是她哥哥擅自行动。她知道那畜生去我爸家干了什么，还声称她并没有参与。按照她的说法，她好像是瓦伊纳家族的背叛者。她说多年前她就跟家人划清了界限，开始了新的人生。她甚至连名字都改了，就为了和他们保持距离。但她妈妈特怀拉，也就是整个帮派的女头目，依然只信任她一个人。这显然已经让她哥哥很不爽，所以特怀拉对这件事做了最终决定之后，库特还是无视她们，自顾自地来了。"

"死的可是他儿子啊。"凯特几乎要为库特说话了。

迈克没理她:"这个女人你信得过吗?"

"我还不知道,但敢过来跟我谈谈,已经很有胆量了。即使她说的不是实话,我也还是相信,对她来说,她和布拉肯的生意可比她侄子的事重要多了。"

"那她想干吗?"

克莱顿往椅背上一靠,抓了抓胡子:"跟布拉肯一样,从我们这里过。"

"我们要是答应了,有什么好处?"凯特说。

"除了布拉肯说的那些吗?她说她还会管着她哥,让我们之间的战争就此结束。"

"我们能信她的话吗?"

"凯特,现在我也不确定有什么人、什么事是我能相信的。但我知道一点:虽然我跟那个女人只聊了一会儿,但我可以告诉你,她不会轻易上任何人的当。她很聪明,而且相比其它东西,她更关心钱。"

"听起来像谁?"凯特对着迈克说。

"得了吧,凯特。这么说不公平。"

克莱顿腿上感到一阵振动,但没去管它:"你现在最得力的助手是谁,迈克?"

"图利。"

克莱顿注意到,妻子一听图利这个名字就不太自在。已经第二次了。

"你现在派他盯着什么呢?"

"你。他盯着这里。"

"让他别盯了。"

"克莱顿,你不安全。我们需要保护这里。"

"我有能力保护自己的家,迈克。但如果你想觉得好受一点,就留着外面那两个人,但让他们待在林子里。我不想看到他们。我要派图利去别的地方。"

"去哪儿?"

"他是追捕者,就让他去追那个叫库特还是什么的家伙吧,但是别碰他。让他盯着他,跟我们汇报。只要我们知道那个混蛋在哪里,这里就不会有麻烦。"

"那我们为什么不直接让马克干掉他?"

"因为,迈克,"凯特说,"这样会有把那个叫瓦妮莎的女人惹毛的风险。既然克莱顿觉得她才是更难缠的对手,那样就更麻烦了。"

"你们怎么不觉得,那是因为我他妈是麦克弗斯县的警长,我不会下令去杀人。这就是为什么。"克莱顿盯着自己的妻子。他不知道为什么她的想法会让他那么惊讶。凯特一直都是他认识的女人里最坚强的。这就是多年前一开始她让他如此着迷的原因。也是他娶她的原因。迈克站了起来,把挂着冷凝水的啤酒留在了桌上。

"我现在就联系马克。"

"好,然后看看布拉肯·利克是不是还在佐治亚州。要是可以的话,再在我爸家里安排一次会面。我想知道他对瓦妮莎怎么看,还有他对于所谓被藏起来的钱知道点什么。"

"哦,当然可以。"迈克迫不及待地说道。克莱顿和凯特都盯住了他。

"怎么了?"迈克举起双手。

"没什么,"克莱顿说,"去打电话吧。"他肯定迈克不光把布拉肯留在了州里,而且十有八九还在麦克弗斯县。果然不出克莱顿所料,迈克从外套里掏出一个对讲机,走出了房间。克莱顿和凯特静静地坐着,听着迈克出去,关上了前门。他们就这么坐了很久。最后,凯特起身收拾了桌子。她把迈克的啤酒倒进水槽，扔了空瓶子："我要去洗澡了。"

"好的。"

"你来吗？"

他想去，但嘴上却并没有这么说："不，凯特，我现在不洗澡。这件事——这所有的一切——都让我很难受。特别难受。我对那个男孩做的事情让我很揪心。"

"我明白。"

"不，我觉得你不明白。你只不过发现了你丈夫是个杀人犯。这一次不能拿正当防卫当借口了。也没什么人有生命危险。就是纯粹的杀人。"

"不，你不是。你只不过收拾了一条威胁要追杀你家人的疯狗而已。这两者是不同的。"

"随你怎么说好了，也许有一天我会相信。"

凯特没再争辩。她把自己的啤酒也倒进了水槽，扔掉了空瓶子。"快点儿过来吧，"她走到桌子旁边，把手放在他手上，"我需要你。"

"我不太确定这是不是真的。"

她转身要走。

"凯特。"

"嗯。"

"那天晚上跟你在一起的是马克，不是查梅因，对吧？"

"嗯。"

"他想让你帮忙说服我一起去寻宝，对吗？"

"嗯。"

克莱顿坐在椅子上，背对着她："但你答应去见他的时候并不知道，对吧？"

她犹豫了一下，但最后还是说了"对"，离开了房间。她先去看了一下孩子，随后轻轻关上了自己卧室的房门。克莱顿听见她开始洗澡了，便起身又拿了瓶啤酒。他拧开盖子，在打开的冰箱前一口气喝掉多半瓶，又拿了一瓶，走进了书房。他把啤酒放在茶几上，窝进了沙发。他看了看手机，发现有个查尔斯的未接来电——是他家里的号码。过了好一会儿，他从口袋里掏出一个小药瓶，还有一张折起来的小纸条。他打开药瓶，晃出两粒白色的椭圆形药片，干嚼了嚼，用第二瓶啤酒剩下的一点冲了下去，打开了那张纸。他读了一遍自己写在上面的那个号码。那是一辆黑色宝马车的车牌号。他离开还坐在吧台前的瓦妮莎，走出乐奇餐吧的时候，看见这辆车就停在外面的主街上。最后两个字母是E和D，和查尔斯·芬尼根之前跟他打听的范宁县杀人案涉案车辆吻合。看见这辆车的醉汉以为车牌上是个桃子，但不是。是个橙子。瓦妮莎·瓦伊纳就是凶手。

　　"你可以把姑娘从博恩维尔带走了。"克莱顿自语道，把纸条扔在桌上。他打开第三瓶啤酒，拿在手里。今晚啤酒也不管用了。他把后背深深地陷进长毛绒沙发里，等着氢可酮止疼药施展魔法。

　　克莱顿醒来的时候，不知道自己已经睡着多久了。吃了药，他连坐着都会睡着。睡着之后，他还把啤酒泼到了大腿上，裤裆里湿了一片，看起来就像尿了裤子。"见鬼。"他把酒瓶放在茶几上，准备站起来，这时，他看见沙发旁边站着个黑人，拿着他留在桌上的胡桃木拐杖。

　　"你好啊，警长。"泰特挥起拐杖，打在克莱顿右边脸上。他仰面摔倒在沙发上，又陷入了之前的熟睡状态。泰特用拐杖戳了戳克莱顿的胸口和胳膊，确定他不会再起来了，才把注意力转移到房子的另外一边——那才是他此行的真正目的。

21

小指滩西岸

马克奉迈克之命去照看克莱顿·伯勒斯的时候，其实已经派人盯上了库特·瓦伊纳，所以"换岗"没花多少时间。况且他的才能本来就更适合这个岗位。他把重心从左边的屁股和腿转移到了骨盆上。他已经把身下软土上的碎屑都清理干净了，所以行动起来几乎无声无息。干他这一行最重要的是安静和隐藏能力，还有耐心。过去的两个小时里，他一直盯着瓦伊纳家族的一举一动。库特和唐尼在小指滩边的旧钓鱼棚闲坐时，他已经瞄准了他们十几次。另一个叫泰特的没和他们在一起，他把这一点汇报给了迈克。库特·瓦伊纳毒瘾很重，马克在的这段时间里，看见他和唐尼不停地把毒品往鼻子里塞。库特吸得越多就越聒噪。他已经开始幻想自己就是北佐治亚毒品贸易的头号接班人了。马克跟这种人打了一辈子交道，知道库特飘得越高，就会跌得越惨。向来如此。

　　让你死得更快的不是子弹，而是自满。

　　他真想现在就活捉了那两个混蛋。一定很好玩。手到擒来。

　　又或许不是。

　　自己也在飘飘然的马克没有听见，那个左耳有一圈疤的男人从他背后走了过来。等他听见的时候已经太迟了，眼前只剩下一片金星。

　　马克醒来时五花大绑，脸被摁在河岸边潮湿的泥土里。"感觉到了吗，图利？"库特说，"老鼠夹子夹了你的尾巴啦。"

　　马克肚皮贴地，一动不动，暗骂自己太骄傲。他还以为他来之前，他们的人已经检查过这个地方了。

"怎么样，大帅哥？我猜，咱们瓦伊纳家的人还没有你想得那么蠢。你觉得他拿着这么牛逼的枪想干吗，唐尼？"

"我觉得他想打人，库特。"

"有道理，唐尼。有道理。"

马克没那么慌了，脑子飞快地转着，想着可能的逃跑方案。库特和他的同伙在说话。很好。他得让他们继续说下去。

"你就是这么打算的吗，图利？跟个小娘儿们似的，隔着五十码那么老远，把我和我表弟打死？"

"我就是看看你们，库特。侦察一下而已。"

"哦，侦察——拿着他妈点 50 口径狙击枪侦察？你真当我傻啊。"库特一脚踢在马克身子侧面。

钢头靴子踢断了三根肋骨。

"你真以为我们不知道你们会搞鬼？你真当我们蠢成那样？"

"呃，其实……"

唐尼又飞起一脚，正中马克毫无遮挡的腋窝。这次他疼得差点昏了过去，一阵反胃，嘴里泛起了胃酸的味道。他忍住恶心，按照以前学的那样，拼命保持清醒。

"我们不傻，图利。我们知道伯勒斯家的小丑会演这么一出。我们也知道迈克会派你来，因为你是他的走狗，大城市来的杀手什么的。坦克说你会去那边安营扎寨，所以他就在那儿等着。你盯着我们，他盯着你。我们是专门演给你看的，"库特咧嘴一笑，"你被耍啦，大帅哥。感觉怎么样？"

马克没回答。他哑口无言。库特是对的。他一直很骄傲，没把对手当回事。他大意了。这是他的错。

坦克？该死。原来他们一直有个内应。又或者他们收买了他。我怎么会这么蠢？

"你知道你的问题在哪里吗，图利？"

就这样，接着说，你这个混蛋。继续说，我会找到机会的。

"干吗不告诉我呢，库特，既然你都想明白了？"

"我就是想明白了，对不对？"库特又笑了，挺了挺胸口的狮子纹身，"你的问题就是你觉得自己比这里其他人都强。但你猜怎么地？你并没有。你生来就跟咱们一样，是个白皮垃圾。这意味着你和我一模一样，图利，都他妈是一根藤上的瓜。但咱俩有一点很不同，你知道是什么吗，图利？"

"你老二比我小？"

库特和唐尼对视一眼，笑了起来："这家伙挺会说笑话啊，唐尼。"

"他还真是个活宝，库特。"

"他的确是，但不对，图利，不同之处就是，我接受了我是谁，我爱这样的我。你呢，唐尼——你爱你自己吗？"

"当然，库特。"

"但你呢？"库特一手拿着马克的长距离武器，指着他说，"你的自尊肯定出了问题。你觉得乡下的生活有点配不上你。你觉得你只要穿上体面衣服去大城市待上几年，回来就可以趾高气昂了。你拿鼻孔看我这种人，好像你比我牛逼。但我告诉你，傻逼，你就是我。而且可悲的是，要是你老老实实待在这儿，跟我们这些乡下人一起扔扔土坷垃什么的，也许我现在还用得上你。或许你还能为胜利者的队伍出出力。"

"你他妈废话什么，库特尔，干吗不直接动手？"马克知道，如果没有接受过正规训练，库特手里的狙击枪会在开火时撞断他的胳膊。而且后坐力会让枪往左跳，马克可以趁机从脚踝处抓起他需要的东西。

库特又笑了："动手干吗，图利？杀你吗？哦，我会的。别担心。我们很快就会进行到那一步。但首先我们要让你看一样东西。"

"看什么？看你和这个白痴搞基？"

"怎么样，唐尼，我就说这家伙很会说笑话吧。"库特蹲下来，把狙击枪横放在大腿上，抓住了马克的头发。唐尼用自己的来复枪杵着马克，不让他挣扎。库特俯身凑到他面前："不，我们不会搞基的，图利。我不玩儿那一套。我只喜欢女人——说到女人——现在，就在我们闲谈的工夫，我表弟泰特正赶去见那天晚上跟你缠绵的那个小可爱。等他一把火点了她住的狗窝，就会把她带过来，陪我们玩玩。"

马克在库特手中挣扎着，但唐尼用枪管狠狠压住了马克的左眼眶。"然后你就看着我和兄弟们好好招待她吧，"库特又凑近了一点，"其实，我一般不和别人分享女人，但你想想，这也不算真的分享——我表弟很直接，明白吗？但我呢？我更喜欢走后门，你懂我意思吧。"

马克在库特手里扭动着，用力打着挺，头发被连根拔起，疼得撕心裂肺，就像一队火蚁袭击着头皮，但疼也是白疼。唐尼一枪托捣在了马克的头上。不用再压抑了。也不用再抵抗了。他昏过去以后，他们还在接着打他，打了很久。

22

火

弄醒凯特的不是烟，也不是煤油味或是木头烧起来的味道，而是埃本。他在尖叫。凯特一下子站了起来，而这正是室内起火被烟呛死的那些人最大的，也是最常犯的致命错误。蓝黑色的浓烟已经从卧室的屋顶倾泻而下，好在她只吸了一小口便开始干呕，马上把毒气往外咳。她立刻什么都看不见了，双眼肿得像被蜜蜂蜇过。她慌得肌肉都僵硬了，又侧身倒了下去，一边咳嗽一边擦着眼睛。出于本能，她摸向克莱顿睡的那半边床。他不在。她想喊他，但发不出声音，只剩下粗重的喘息。她六神无主，估摸了一下距离——从埃本的哭声判断，他还在婴儿床里。天还黑着——还是晚上。克莱顿去哪儿了？高温。烟雾。

　　哦，天呐——失火了。

　　"埃本！"她又对着黑暗气喘吁吁地喊道，嗓音窒息般嘶哑。她的肺部还在挣扎着把烟雾往外排，喉咙仿佛变成了砂纸。再度试图说话又让她咳嗽起来。她抓起床单捂住嘴，边咳边从床上滚了下来，肩膀着地摔在实木地板上。床单也拽了下来，但还紧紧捂在脸上。地面上的空气比较好，她一只眼睛勉强能看见，感觉像是脸上被泼了糖蜜，从糖蜜后面看东西。咳嗽止住了，床单上留下一片发黑的口水。她脸颊紧贴着地板上凉凉的木头，透过棉布床单尽力深吸了一口气，屏住了呼吸。埃本还在尖叫。叫声仿佛从四面八方传来。一时间发生了太多事情，她觉得自己快疯了，天旋地转，心跳得像打雷一样。她竟然在自家卧室的地板上迷了路。埃本的尖叫让她也想尖叫，脸贴着的木地板也不凉了。她得站起来，她儿子需要她站起来。婴儿监护器。是监护器让儿子的声音从四面八方传来。她集中精力去听更远一点的声音——他自己的声音。她在地板上摸索着，试图想起门在哪儿。她怎么会连门在哪儿都不知道了？窗户又在哪儿？该死的窗户到底在哪儿？橘色的微光从她左边照了过来，又或者是右边。她分不出究竟是哪边。

她的眼里都是泪水，但现在两只眼睛都能看见一点东西了。她得找到门。她开始爬，肚皮贴着地板，努力往前滑。只要找到墙就行了。

埃本。想着埃本。

她好不容易找到一面墙，又沿着踢脚板摸到了门框的线脚。直觉告诉她站起来，但她只把身子抬高到手脚并用跪着的程度，便停了下来。

重心放低，凯特。重心放低，到你儿子那边去。

她从打开的门慢慢往外爬去，可床单被勾住了，只得扔下。她拉高 T 恤的领子蒙住口鼻，用口水把领子打湿，继续往前爬，一直爬到了走廊里。橘色的光此刻无处不在。在有些地方她能隐约看到真正的火苗，舔舐着通往书房和厨房的走廊墙面。

书房。克莱顿。她又喊了丈夫一次，这一次终于喊出了声音。

"克莱顿！"

厚厚的烟雾朝地面涌了过来，看起来像是有了生命。如果魔鬼是个活生生、会喘气的家伙，那么就应该是这副样子，而且它正在靠近她——靠近她的孩子。她沿着走廊往分叉的火舌的反方向爬去，撞倒了摆着台灯和几张家庭照的小桌子。桌子倒在她身上，一个相框在她脑袋上划了个口子。她疼得一激灵，生起气来，反而集中了注意力。

"埃本！"她喊道。她的喉咙还是火烧火燎的，但声音响了一些。嗓子喊起来很疼，但她不在乎。"我来了，宝贝。妈妈来了。"她一把推开挡在路中间的破桌子，尽可能紧贴着地面，又往埃本的房间爬了几英尺。她沿着走廊踢脚板一路摸到了门框，爬到门前，鼓足全力一推。

门纹丝不动，关着——而且很凉。她小心地用超大 T 恤蒙着脸，抓住了门把手。黄铜门把手摸起来也很凉。她心中顿时涌起了希望。烟雾也许还没到埃本的房间。她一转门把手，推开了门。扑面而来的凉风让她如梦初醒。她不顾黄铜门槛割破了屁股，溜进房间，猛地一关门，又用两只光脚把门踢紧。屋里的空气是凉爽、正常的。月光从窗外照了进来。她平躺在地板上，深吸了一口洁净的空气。她给了自己这么一会儿，让甜美的氧气流过全身。轻松的感觉在蔓延，就连指尖都放松得有些发麻。她揉着眼睛爬起来，跪在地上。埃本还在疯了一样地哭，但她现在能看见他了，就站在那里，抓着婴儿床沿。她知道他没事。他会没事的。她也会没事的。他用尖叫声救了妈妈的命。她可以一把抱起他，翻过窗户到外面的黑夜里去，那里是安全的。

克莱顿一定就在外面等着她——就在那扇窗户外面。她知道他也会来救埃本的。"妈妈来了，宝贝儿子，"她说，"妈妈在。一切都会好起来的。"

"这可不一定，贱人。"

凯特跪着转过身去，只见泰特·瓦伊纳正站在埃本的床脚边，仿佛和黑暗融为了一体。她不假思索地朝这个人形黑影猛扑过去，吓了泰特一跳。但他只微微一晃，她便跌回了地板上。接着，他便压了下来。这场较量太过悬殊，她的肺部像是被挤扁了，力气都消失了。他用双手掐住了她整个脖子，而她只能徒劳地揪着他满是老茧的手指，想把它们撬松。但手指却越收越紧。她想转头去看儿子——哪怕只看一眼——但她做不到。要是她能对着窗外打个手势该多好，克莱顿就在外面。他必须在。他一直在。

但他不在。

对不起，宝贝儿子。对不起。

她在脑中一遍遍地重复着这几句话，直到陷入比满屋浓烟更深、更彻底的黑暗中。

克莱顿醒了过来，全身是汗。周围的火光和烟雾让他丧失了感官功能，但火从壁炉里冒了出来，飞快地烧到了地毯和墙上，让他一个激灵，立刻搞清楚了状况。他在沙发和茶几之间的地上，沉甸甸的橡木茶几烧得很慢，充当了他和火焰之间的屏障。应该是这张桌子挡住了火，让他活了下来。他突然发觉自己一边脑袋跳着疼，还有个包。他被打了。有人进他家了。那人在沙发那儿站了多久了？克莱顿昏迷多久了？她在……"凯特！"他叫了起来，奋力从夹缝中钻了出来。他了解火。他和很多消防员打过交道，知道自己必须放低重心。他向通往后面卧室的走廊看去。走廊已经被烈焰吞没了。"凯特！"他又喊了一遍。没人回答，只有红橙相间的火兽噼啪作响，一点点吞噬着他的家。他的屁股和腿快疼死了，但疼痛却让他加快了动作。他沿着最容易走的一条路爬进了厨房，一路从下面推开了挡在面前的椅子和餐桌。巨大的火舌翻过了门，舔舐着屋顶，挡住了整座房子的入口。太热了。空气越来越稀薄，磷化物刺激的味道让他满嘴唾沫。他抬头看着水槽上方的窗户，不知道自己能不能翻过去，但这是唯一的出路了，他必须背水一战。只要能出去，他就能从房子外面绕到卧室窗户那边去。"凯特！"他最后高喊了一次，还是没人答应。他爬到水槽下面的橱柜旁边，把柜门打开，掏出凯特备在那儿待客用的红白格子桌布，又小心地站起来，从台面上抓起一个食品搅拌机。他鼓足力气，举起搅拌机沉重的钢底座朝窗户砸去，砸飞了窗框和一大半玻璃。凉爽的夜风扑面而来，但也把跟在他身后烧进了厨房的火苗吹得更旺了，烈焰现在已经吞没了拱门，他背上热得快受不了了。他把桌布绕在拳头上，沿着窗户四周捋了一圈，把剩下的玻璃清理干净。他不顾腿上的疼痛，笨拙地抬起一只脚踩在台面上，从他打破的洞向外钻。二十四小时内，克莱顿第二次膝盖着地摔了下来，而且这次还穿过了一大丛红顶杜鹃花。小树枝划破了他的脸，勾破了他的衣服，但他很快躺平，往外滚了几英尺，来到带着露水的凉爽草地上。他并不愿意在舒适、安全的户外休息，而是跌跌撞撞地站了起来，往房子后面跑去。腿上和体侧的疼痛让他实在难以忍受。"凯特！"他边跑边一遍遍地喊着。卧室窗户是黑的，还锁着，说明没人从窗户出来。他用还裹着桌布的那只拳头猛敲两扇窗户。他知道，如果火还没有烧进卧室，那么砸开窗户只会把火引进来，所以他举起没裹桌布的那只手摸了摸玻璃。摸起来很热，但还不算烫。他往屋里看去，隐约能看到床的轮廓。更重要的是，他能看到凯特并不在床上。"你在哪儿？"他大声说，但很快就意识到了问题的答案。他很清楚，如果她能从卧室出去，会去哪里。他又绕到埃本的窗外。窗户大开着。一阵轻松潮水般席卷了他的全身。

她出来了。她带着埃本出来了。

他气喘吁吁地跪了下来，又高喊了一遍她的名字。还是没有她的回应。但这一次，他听见了一个声音。是埃本在哭。儿子还在屋里。克莱顿拉高衬衫领口遮住口鼻，把脑袋伸进埃本的窗户。他儿子还躺在婴儿床里。婴儿的尖叫让克莱顿血液冰凉，他从没听过这样的声音。"坚持住，伙计，我来了。"他抖干净桌布上的玻璃碴子，在窗台上稳住身体，把红白桌布扔进了小床。克莱顿把一只胳膊探进屋里，尽力伸长，抓住小床围栏往外拉。刚一够着小床，他就把孩子用桌布裹住，拖出窗外，来到他安全的臂弯中。

然后，他崩溃了。

他闭上双眼，仰面倒在草地上，怀里紧紧抱着他的儿子。埃本还在尖叫，但他安全了。他们都安全了。他猛地睁开眼睛。

凯特。

他挣扎着跪了起来。他得找个安全的地方把埃本放下，再回到屋里。但没等站起来，他就注意到了一件事情，而且过了一会儿才明白怎么回事。凯特的吉普车——它不在了。凯特不在了。她会去哪儿？她绝不会不跟克莱顿说一声就半夜抛下埃本出去的。她不会就这么一走了之。又一阵潮水席卷了克莱顿全身，这样的实际情况让他头晕目眩。

老天爷啊。不——

他抱着埃本，一瘸一拐地走到野马车旁。凯特的吉普车本该跟它停在一起。他把歇斯底里的婴儿放进后排安全座椅，一把拉开驾驶室车门，抓起了无线电对讲机。他先拨了火警911，接着又拨了那个他知道只有一个人会接听的频道。

"迈克！回答我。迈克！"

"克莱顿？"

"迈克！目标不是我。他们不是冲着我来的。"

"你在说什么，克莱顿？"

"迈克，他们抓走了凯特。"

23

小指滩

库特·瓦伊纳把史密斯＆威森点357手枪放在小河滩边窝棚里的刨花板架子上。这个4×6英尺的棚子里满是弗雷迪·塔滕干掉的血迹，恶臭难当。泰特提取情报的效率很高，但是方法太邋遢。库特走到门口，径直朝门外撒了泡尿，在泥土上尿出了一个小水坑。他拉上牛仔裤拉链，把戴着无指手套的双手拢到嘴边，对着手心用力呵了一口气，想让脸保持温暖。山风已经冷了下来，像刀子汇聚成的雷暴一般刮过林间和水面。他把棒球帽拉到眉毛上面，搓着手站在棚子前面摇晃的门廊上。他的脸颊被风吹皱了，成了亮粉色。天气一变，他就很想回家。但当他看到前方主路上出现的车头灯时，又改变了主意。

他冲着在水边对瓶喝威士忌的唐尼喊道：

"打起精神来，表弟。游戏时间到了。"

唐尼嗑了很多安非他命，足以抵抗刺骨的天气，此刻正喝着酒，想中和一下药物作用。他把酒瓶盖子拧好，来到棚子里库特身边，掏出一个鼓鼓的小袋子，里面装满了发黄的粉末。他用长长的小指指甲挖起一团吸了进去。库特摸了一把外套口袋里自己那份，已经所剩无几了。他嫉妒地看着唐尼的袋子。

"你吸得够多了，唐尼。剩下的留着开车回家路上用。"

唐尼没有争辩，但又吸了一团。他把打开的袋子递给库特，库特一把抓过来，用车钥匙挖起一团吸了进去。毒品带来的热力和肾上腺素飙升让他瞬间暖和起来。两人就这么瞪着充血的泪眼，看着他们的表弟开着凯特明黄色的牧马人吉普车穿过了林子，在库特追踪者旁边的空地上停了下来。泰特下了吉普车，用手拢着打火机，点了根香烟。

库特用手背擦了擦发酸的鼻子："你把房子点了？"

"对。"

"警长也烧死了？"

"对。"

"你亲眼看着他烧死的？"

"没有。"

"那你怎么知道他死了？"

"他死了，库特。我向你保证。"

"你向我保证。"库特嘲讽地学着表弟的话。

泰特举起了双手："我敲了他的脑袋，把他的住处点了。你还想让我干吗？"

"没什么。孩子处理了吗？"

泰特略一迟疑，吸进一大口热热的烟："库特，特怀拉说过不要伤害他的家人。我们根本就不该来。"

库特一把抓住他的外套："见鬼，我才不管我妈怎么说。我问你，你把孩子处理掉了吗？"

泰特挣脱了库特："是的，我把孩子处理掉了，但这事儿完了得算在你头上。你要告诉特怀拉发生了什么，并且不许把我牵扯进去。不守规矩的人是你，我不会去跟她解释的。"

"我会搞定我妈的。"

"你最好搞得定。"

"你在威胁我吗，泰特？"库特吸了吸鼻子，卡在鼻孔里的安非他命让他直流鼻涕。

"冷静点，库特。我就这么一说。你让我干的事，我跟往常一样，问都不问就干了。我只是不想让老太太对我不爽——她肯定会很不爽的。"

"她会没事的。"唐尼说。

"你他妈闭嘴，唐尼。"泰特和库特异口同声地说道。唐尼闭嘴了。

库特用袖子擦了擦鼻子，一拳打在吉普车前盖上。"管她呢。快把这玩意儿打开，开始狂欢吧。"

泰特把车钥匙扔给库特："你们玩得开心点。"

"什么？你不一起快活快活？"

"不是我的菜，库特。你们想干吗是你们的事，但侵犯一个瘦巴巴的白种女人可不在我的愿望清单上。我去找个暖和的汽车旅馆休息休息。我要是想快活，也得找个心甘情愿的妞儿。"

库特对着泰特的脸晃了晃钥匙："你亏大了，朋友。"他往吉普车后面走去。唐尼看着泰特踩灭香烟，爬上了车道后面陡峭的小径。其实他也不怎么喜欢这个主意，但他不想惹库特生气，而且他知道库特一定会对他生气的。他宁愿特怀拉对他发脾气，也不想忍受库特的邪火。他把威士忌酒瓶放在土里，和表哥一起去了吉普车后面。

库特举起车钥匙，对着月光，找出一把小小的银色钥匙，打开了后备厢。他转开把手，拉开固定备胎的横杆，一把拽开了后备厢车门。

"接着，"他把钥匙扔给唐尼，"扔到溪水里去。"

"为什么？"

"因为这是我的命令。我可不想让这位靓女惦记着提前离开派对。"凯特穿着克莱顿的 T 恤和浅蓝色的棉布睡裤。但爬过起火的房子，又被拖过自家前院之后，现在裤子看起来更像是棕色的，而不是蓝色的了。她的光脚擦伤了，脏兮兮的，两只脚踝被黑色的宽束带绑在了一起。她的两只手腕也被细一点的黑色塑料带紧紧绑着，嘴上勒着红色的大手帕，直勒进两边脸颊，嘴角都被撑开了，像在狞笑。她一直在哭，鼻子塞住了，呼吸很困难。她看起来既无助又可怜，库特高兴坏了。

"哎哟，快来看看，表弟。公牛山的王后被捆得像个生日礼物，吓得像个茅坑里的老鼠。"库特说着，整了整裤裆，把脑袋探进车里，伸到天窗下面，"啧啧，我的小可怜儿呢？你知道我是谁吗，甜心？"

凯特愤怒地瞪着他，想忍住眼泪。她拼命往后缩，尽量靠近粗布车后座。

"我是库特·瓦伊纳，"他往后一指唐尼，"这是我的傻逼表弟，唐尼。咱俩的名字耳熟吧？必须的。你丈夫或者那个疤瘌脸混蛋肯定跟你说过一点我的事情。"

凯特没有动。她动不了。

"你老公杀我儿子真是再蠢不过了，我现在就是在跟他算总账。我倒真希望他能活着看到泰特对你们的房子做了什么，这样他才能彻底明白，我要对你做的事情都是他的错。"库特把手伸进吉普车里，抓住凯特脚上的束带。她对他连踢带踹，但他紧紧抓住她的脚踝用力一拉，凯特一下子就滑了出来，跌到了地上。屁股和肩膀着地，一点缓冲都没有。她挣扎着，不顾跌下来的疼痛，立刻想从这两个男人身边逃走。

库特看着她笑了起来，知道她插翅难逃。就在这时，她看见了马克。他被打了，五花大绑，一只眼睛肿得睁不开，鼻梁明显断了，塌了下去，血肉模糊，像暗紫色的一元银币。就算他还活着，也不会像以前那么帅了。她顿时满心愧疚。马克浑身沾满溪边的淤泥，大部分都干了，一片片挂在皮肤上，像柏油纸瓦。他洁白无瑕的T恤变成了棕色，滑溜溜的，跟刚才埋着他的淤泥一个样。有那么一瞬间，她的疼痛褪去了，心头涌上了愤怒。她朝他一寸寸挪了过去，库特在一边跟着她。看见她的反应，他简直乐不可支，笑得像个过圣诞节的孩子。这比圣诞节还要好。

"哦，对了，那是你男朋友，对吧？我们好好收拾了他一顿。但别担心，他还活着。我们觉得你也许想给自己找个目击证人。睁着你那只好眼，大帅哥。我保证你不想错过这个。"

马克没有动弹。

库特弯腰去抓凯特的 T 恤，但她在土里一闪，挥起双脚，正中他的裤裆。库特往后一退，骂着脏话跳来跳去，像是踩到了蚂蚁窝。凯特借着这宝贵的几秒钟，挣扎着想挣脱束缚。唐尼照着她的肚子来了一脚，结束了她的挣扎。她蜷起身子，眼前闪过一道白光，但没有昏过去。库特恢复过来了，他一把抓住了她的 T 恤和睡裤，狠狠地把她翻了过去，肚皮朝下趴在地上。他抓起一把凯特浓密的棕发，绕在手上绷紧，把她的脸摁进了湿地里。

"你也会为此付出代价的，贱人。"他把手里的头发绕得更紧了，拖着凯特在泥地里走了几英尺，来到小指溪的浅滩边。她的脸从石头和污泥上蹭了过去。封口布被裸露在外的树根勾了一下，松开了，挂在她的脖子上。她一直紧闭着眼睛和嘴巴，防止被泥浆和淤泥糊住眼睛或是呛着，听着库特叽里哇啦地说着要怎么对付她。等到能从泥里仰起脖子，她就开始尖叫。库特像扭木偶似的把她的脑袋扭了过来，张开巴掌，给了她一个大嘴巴子。

"叫个屁啊，姑娘，一会儿有你好叫的。"他又一转拳头，从她头皮上拉下一些头发。接着，他用空着的那只手抓住她的裤腰后面，把她拎到俯瞰着急流的巨大、光滑的石灰岩上，又扭头叫唐尼过来摁住她。唐尼慢吞吞地挪了过来，不知道该怎么办，但还是跟往常一样，照库特吩咐的做了。他不费什么力气就摁住了她。凯特见到马克之后又提起来的劲头已经泄掉了。反正都没用。他们力气太大了。她突然闻到一丝库特的体臭。浓浓的酸臭味让她的胃顿时缩成了一团。惊恐的感觉仿佛一壶冰水，沿着她的后颈直泻到背上。她闭上双眼，心中只剩下一个想法。这个想法最终化作了一个咒语，像静脉中的血液一样，流过了她的大脑。

想办法。活下去，想办法。

她一遍遍地重复着，直到全身和这句话融为一体，慢下来，关闭了其它的感官功能。她重复着这句话，直到心里只剩下这一个念头。

想办法。活下去，想办法。

"把她胳膊拽下去，唐尼。"

大块头男人拉住凯特绑起来的手腕，把她的胳膊往前一拽，摁在大石头靠溪水的那一面上。他得站在齐脚脖子深的浅滩里才能摁住凯特，所以一心想赶快完事。库特跳到凯特身上，跨坐在她柔软膝窝上方的大腿上。她突然生出一股力气，想挺起身子，但库特压得更使劲了。她又大叫起来，但并不是恐惧的叫声——这种声音更加富有野性，像是某种动物。

库特亮出一把锋利的薄刃刀，是他在棚子里找到的。这种刀通常是用来刮鱼鳞、剖鱼肚子的，上面糊了厚厚一层弗雷迪·塔滕干掉的血迹。他拿尖刀对着她的喉咙："从现在起你只准叫我的名字。要是你敢叫别的，我就割开你的喉咙，从一边耳朵割到另一边，让你像吊起来的白尾鹿一样把血流干。然后你猜怎么着？我照样还会干你。"

凯特失了神。

想办法。活下去，想办法。

"你屁都不是，女人。我知道你觉得自己很拽，嫁了个小丑警长什么的，但你屁都不是。从来都不是。现在我才是丛林之王。我才是山顶的狮子，不是你。看见这个了吗？"他把她的脑袋往旁边一拨拉，拉开自己的衬衣前胸，露出下面的监狱纹身——那头咆哮的狮子。"这就是我。而你只不过是羚羊——也许只是兔子。仅此而已。你就是个会说话、会走路的欢乐儿童餐。"

凯特没有叫，却用一种超越了恐惧的冰冷语气说起话来。她饱受打击，如此无助，却已经从恐惧变得满怀仇恨。这种仇恨仿佛让她的皮肤变得坚实起来，周围的空气也愈发黏稠。她用一种甚至自己也认不出的声音说了最重要的几个字："我的名字叫凯特琳·伯勒斯，你伤害不了我。"

库特哈哈大笑，看着他的表弟。唐尼也勉强一笑，但并不觉得有什么好笑的。

"废话少说。唐尼，你摁住她了吗？"

"嗯。"

库特用刮鳞刀割开了凯特的睡裤，从裤裆里下的刀。他沿着裤缝仔细往上割，一直割到裤腰的松紧带，一刀便把它劈成了两半。脏兮兮的蓝色布料滑落到臀部两边，她就这么赤条条地暴露了出来。

"快看呀，唐尼。连挡毛布都没有。我本来还指望能弄条漂亮的丁字裤挂在车子后视镜上。真可惜啊。"

凯特粉红色的肌肤，是方圆几英里之内唯一洁净的东西。也许，是整座山上仅存的洁净之物。唐尼转开了视线。他低头盯着浅滩，试图想些别的。不知道泰特去哪儿了。要是刚才和他一起走就好了。

"速战速决吧，库特。我脚冷。"

库特笑了，把刀子放在岩石上。他用双手把睡裤又往凯特腿下面扯了一点，撑起身子解裤子。马克猛地在泥里动了一下，侧过身去，从封口布下发出了一声闷吼。库特冲他一笑，模仿着他的声音嘲笑他，把皮带扔到了图利脸旁边的草丛里，褪下了牛仔裤。马克又在泥里扭动了一下，侧到了另一边，背对着溪水。凯特看着他转过身去。她明白。

库特叼住手套拽了下来，往手上啐了一口，一边自己撸着，一边咒骂着寒冷的天气。过了一会儿，他又往凯特赤裸的臀部吐了一口唾沫。刺骨的寒风和神经系统里的毒品让他遇到了一点困难。库特换了个姿势，拼命抖着右腿，想把缠在一起的牛仔裤褪到膝盖下面去。唐尼嫌弃地抬头看着他。

库特终于把腿挣脱了出来，扶稳老二，往凯特身上压了下去。就在这时，传出一声枪响，一颗子弹贴着他的脑袋飞了过去，差点擦破他的面颊。

枪声回荡在山中，响得像大炮。这一枪没有命中目标，却打中了唐尼的肩膀，子弹像蛇一样咬进肉里，冲击力让他脚下一滑，往后跌进了溪水里。他就这么坐在湍急的水中，一脸困惑，鲜血从外套上的小洞里渗了出来。库特立刻从凯特身上滑下来，笨拙地一个翻滚，双手捂住了脸。一到地上，他就紧紧贴住岩石侧面，把岩石当掩护。他的牛仔裤还缠成一团，挂在一条腿上。他把全身上下摸了一遍，确认自己没有中弹。他就这么待着，等着第二声枪响，或是枪手说话的声音，但除了湍急的溪水在激荡，他什么都没有听见。他想把裤子提起来，但做不到，因为手抖得太厉害。他小心翼翼地从石头后面望了出去，眯起眼睛往林子里看。四周被门廊上的提灯照得很亮，但他一个人都没看见。他喊了起来，做着空洞的威胁，但只听见了自己的回声。他猛地一转身，从岩石靠着溪水的这一侧往外看。唐尼还在那儿，坐在水里，看着自己流血的肩膀。他中枪了，而且没有掩护。

他们为什么不继续打他？库特想。他就是个现成的靶子啊。

他抬头去看凯特，发现她只在岩石上稍微动了动，看起来还是一脸失神。他又往远一点的马克那边看去，他依然五花大绑侧躺在地上，背对着他们。库特又仔细看了一遍周围，终于——他看到马克身边的泥里闪过了一点银光。他盯着它看了很久，才站起来，摇了摇头。

"狗娘养的。"库特从石头后面走出来，把裤子从腿上抖掉，朝泥里的那块金属走了过去，好看个究竟。它离马克·图利的手指只有几英寸。"你这个滑头杂种。你还带了把小手枪？"库特弯腰捡起那把枪。他举起小手枪对着月光，站在冷风里，就这么光着屁股研究起来。这是一把单发点45口径手枪，跟迪林杰手枪差不多小巧，但枪声更大，很容易藏进手包——口袋——或是靴子里。"老天啊，"他说，"坦克没想到要搜你的靴子吗？我对天发誓，图利，我周围都是白痴。等我见了他，一定第一时间用这把枪打烂他的屁股。你一直带着这尊迷你炮吗？嘿，唐尼，过来看看这玩意儿。这个鬼东西差点把我老二打下来。"

马克从封口胶带后面哼了一声，显然在笑。库特蹲下来，拉开胶带。"你笑什么，狗杂种？"

马克的双肺吸进了山间冷冽的空气，咳嗽起来，但这么一咳，却笑得更大声了。

"你打偏了，图利。"马克只是接着笑。

"你知道我要杀你，对吧？我会割开你的喉咙，所以我实在搞不懂你在笑什么。"

马克又吸了几口晚间凉爽的空气，笑声低下来，变成带着喘息的轻笑："对，库特，我知道，但你那句屁话真的很好笑，对吧？"

"我说的哪句话，图利？"

"你知道的。就你刚才说的那句。"库特一脸茫然。

"说你老二的那句。"库特继续一脸茫然。

马克从嘴唇裂开和牙齿打掉的痛苦中尽力挤出一个笑容。恐惧从他脸上消失了，他直视着瓦伊纳明亮的蓝眼睛。"感谢你对我的能力如此信任，"马克吐出一团粘在舌头上和嘴巴内侧的鲜血、鼻涕混合物，"但地球上再牛的神枪手，也打不中那么小的一个玩意儿。我的妈呀，开滑滑车的，那玩意儿小得就像三岁孩子的。我打赌你那个地方连毛都没长呢吧。"

库特站了起来。

"说话啊，开滑滑车的，是男人就说句痛快话。这才是他们叫你'库特尔①'的真实原因吧？因为你那摊小玩意儿看起来更像小妹妹，而不是小弟弟？"马克都快被自己的笑话笑疯了，咳出来的血和鼻涕更多了，"不像男的，倒像个女的。还不如人家三寸丁的一半长。天啊，老兄，我都死到临头了，但还是很可怜你。"马克最后啐了一口，始终没有闭上过眼睛。库特伸手去摸外套里的刮鳞刀。

刀不在。

马克又笑了起来，近乎歇斯底里。"接着笑，图利。我马上回来。"

库特转身准备回岩石，可眼前的景象让他进山后第一次被吓到了——岩石还在，但凯特不见。他慌忙抖开牛仔裤，冲向了石头。

"你死定了，开滑滑车的，"马克说，"她会杀了你。"

"我才不信。她做不到的。"他向小溪中张望，"嘿，唐尼，看来我们只能打死他们，结束今晚了。"他穿上裤子，拉好拉链，"唐尼？"他瞪大双眼，发现表弟已经躺在了浅滩中，胸口有好几处刺伤，往外喷着小股的黑血，脸发着惨白的光。

"狗娘养的。"

库特跑进棚子，飞快地抓起鞋和点357手枪。"我来了，凯特。"他知道她不可能跑远。她挨了打，半裸着，还没穿鞋。他会找到她的。必须的。他不能在这件事上出岔子。他抓起门廊上的提灯，举起来照着溪边。他没去管表弟，一心找着他想找的那个人。软土上，凯特的脚印清晰可见。他笑着穿上了鞋子："我来了，小姑娘。老爹来了。"他跟着泥里的脚印，从溪边来到了树林里。凯特的睡裤扔在了灌木丛里，库

----

① 库特尔：原文为 Cooter，俚语中指阴道。

特研究着路线。折断的树枝和新鲜的脚印一直通向陡沟后面的一丛松树。他把提灯放在林地厚厚的枯枝败叶上，吹了声口哨："出来吧，甜心。别让老库特再等啦。"他一拉重型手枪的枪栓，开始穿过沟往林子走去。"咱们今晚的约会泡汤了，我很遗憾，但既然你杀了我表弟，那就意味着我们得跳过浪漫，直接办正事了。快出来吧，咱们做个了断。"他迈了一大步，准备跨出沟去。就在这时，他感到脚边响起了沙沙声。凯特从一层层湿乱的树叶和松针下面伸出手来，用刮鳞刀割开了库特脚踝后面。他尖叫起来。没等他摔倒，她又一刀扎穿了他的小腿肚。他跪倒在地，滚进了沟里。凯特从藏身之处跳了出来，猛扑到他身上，撞得他胸口朝下趴到了地上。她一刀刀扎向库特的后背，他一遍遍尖叫着，直到再也发不出任何声音。她整条胳膊都沾满了鲜血，又湿又滑，在提灯的照射下，显得乌黑油亮。她从他背上滑下来，把他翻了过来。她的刀子落进了黑暗中，她大喊一声，声音回荡在山麓间。她揪住他的外套，直视着他苍白的脸："你还活着吗，库特？"

他吐出一个黑色的血泡。血泡破了，血沿着他的嘴唇和下巴流了下来。

"很好，"她说，"因为我希望，你在世上看到的最后一样东西是我的脸。我要你明白，你是对的。这就是你。"她一拳砸在他胸口上。他连闪躲的力气都没有了。她用另一只拳头砸在他胸口的狮子纹身上，狮子滑溜溜的，被她手上的血染成了红色。库特浅蓝色的眼睛睁得大大的，在月光下发出水晶般的光芒。她扇了他一巴掌，让他集中精神。"那是一只雄狮，"她按住纹身，"懒惰——自大——软弱。只要识字的人都知道，捕杀猎物的是母狮。不管你死后会去哪儿，记住这一点，库特·瓦伊纳。记住这一点，并且记住，是谁送你去的那儿。"她朝他脸上啐了一口："我告诉过你。我的名字叫凯特琳·伯勒斯，你伤害不了我。"

这是库特·瓦伊纳听见的最后一句话。他的双眼最后呆了一呆，熄灭了生命之火。

凯特盯着他的脸，抓着他的外套，过了很久才从他身上滚下来，躺在刚才作掩护用的那堆树叶上。她就这么躺着，直到呼吸慢了下来，赤裸的双腿和湿黏的胳膊开始感到夜晚的寒意。她强撑着坐起来，往路上看去。她满脑子都是克莱顿和儿子，想着他们是不是真如泰特所说。她边祈祷那不是真的，边从库特的尸体上扒下衬衫，拽下鞋子。

24

跋溪路

"对讲机无人应答。"

"我以为你留了人，迈克。"

"是留了。我最能干的三个手下。他们要么叛变了，要么死了。我想坦克被收买了。"

"图利呢？"

"他也没回我。"

"他绝不会背叛我们。"

静电声。

"我知道。我不敢去想他发生了什么。"

"迈克，专心点。马克能照顾他自己，但在他失联之前，有没有跟你汇报任何瓦伊纳家的消息？"

"早些时候汇报了。他用对讲机跟我说他们少了一个人——那个黑人，叫泰特的。"

"就是打我的那个，"克莱顿戳了戳太阳穴上的伤口，"一定是他抓走了她，迈克。他说另外两个在哪儿？"

"在小指滩那边一个旧钓鱼棚子里，但那边有好多钓鱼棚子。"

"不，不是很多，只有四个。而且只有一个足够僻静，可以……"

静电声。

"克莱顿？"

"松营路。里程标记 31。"

"我马上过去。"

"你在哪儿？"

"大院——你爸家。"

"全带上。把你所有的人都带上。听见了吗？把屋子里每个人都带上，去那个棚子。我听见救护车和救火车的声音了。等我确认了埃本没事，也马上过去。"

"克莱顿，你留下陪儿子。我会把凯特带回来的。"

克莱顿从后视镜里看着儿子："山顶离松营路有差不多半小时车程。从我这里过去反而更快。"

"好吧，头儿。"

"带上每一个人，迈克。每一个。"

"好的。"

"还有，迈克？"克莱顿发动野马车，去和主路上的救护车碰头。

"怎么？"

静电声。

"要是你比我先到，我要你留着混蛋库特这个活口，等我过去。"

"当然。"

"出发吧。"

"已经在路上了。"

克莱顿把对讲机扔回底座，猛地一挂野马车的挡。鸣笛声很响。他们很快就到了。他开上车道去截住他们。大火已经吞没了整座房子，可他看都不看一眼。他不在乎。他只在乎林子里的那个人。那个孤孤单单、指望着他的人。

挺住，凯特。我来了。

凯特蹬上库特的网球鞋，把他的衬衣像长裙一样系在腰上。虽然这让她很恶心，但她别无选择。穿上衣服之后，她搜了一遍死人的口袋，想找手机或汽车钥匙。可什么也没有。她又乱找了一通库特的手枪，还是没有。晚间的空气里都是铜臭和屎臭。一阵浓烈的恶臭熏得她对着高高的草丛干呕起来。她想昏过去。她突然想到了马克，回头向石灰岩看去，只看到一片黑暗，但她不能回去。他肯定不想让她回去。她得往路上走。到了路上更容易被人看见。而且那个黑人——把她绑架了带到这里来的那个，可能会回来。

"马克！"她哑着嗓子喊了一声，喉咙生疼。没人回答她。她哭了起来，觉得气温又降了好几度。她瑟瑟发抖，又喊了一遍他的名字，但这次声音几不可闻。一只夜鸟唱了起来，蛐蛐叫得更响了，她努力听着，想听见今晚帮她活下来的那个人的声音，但什么都没听见。他送了她一件礼物——时间。如果她回去，对他俩都没有好处。她得从山谷里爬上去，到松营路。她擦干眼泪，稳住呼吸，往山上爬去。她的双腿几乎动弹不得。她太累了。她从没觉得这么累、这么脏，或是这么孤独。往山上爬十五码就是公路了，但感觉就像十五英里那么长。她精疲力竭，但还是爬过了冰冷的泥土和多节的树根，好不容易来到了公路上。她的膝盖一路都被长着刺的灌木和尖尖的石头扎着，但她早就把疼痛抛在了脑后，似乎再也不会感觉到疼了。她知道，如果克莱顿还活着，现在已经来找她了。她知道，他一定知道怎么找到她。她不知道他是怎么知道的，但她知道，他无论如何都会知道。

如果他没从火里逃出来怎么办？如果我的丈夫和儿子死了怎么办？

想到这些，她骨子里感到一阵寒意，于是赶走了这些念头。这不是真的。她不允许这是真的。他来救她了。迈克也会来的。他们会让每一个忠诚于她家的人搜遍这座山。她不能让他们找得太辛苦。

公路到了。

月光映照在黄漆刷成的虚线上，但她没上柏油路，而是藏在路边的浅沟中。她靠在一棵粗大的松树后面，抬头从枝杈间看着月亮。她想到了她的玉兰树。她想到了自己把它砍倒的那天，树枝怎样一根根掉到地上。片刻之后，她力不能支，晕了过去。

不知过了几分钟还是几小时，终于出现了一对头灯，从路上缓缓向她驶来。副驾驶座的窗户里伸出一只手电筒，来回扫射着林子。灯光照到凯特头上的树枝时，她醒了，但只是微微醒来。玉兰树油亮的树叶变得暗沉、稀疏。她觉得自己可能已经死了，透过林子的光是天使来接她了——来救她——但天使从来都救不了任何人。她们只是来带你回去——总是在伤害已经造成之后。她听见了自己的名字。

"凯特！"

她们在叫她的名字。

"凯特！是你吗？凯特？"她筋疲力尽，处于神志不清的边缘，所以她答应了天使，从树后滚了出来。她对着那两束光，尽力抬起了胳膊。她又听见了自己的名字，这次听清了，确实是天使的声音。叫她的是个女人。

*

又过了差不多二十分钟，克莱顿才赶到沟边。他把野马车停在路边，没有熄火，正对着山下的钓鱼棚子。他挂上停车挡，跳下卡车，车门大开着。这时他发现，凯特的吉普车就停在下面的水边。他跌跌撞撞地往山下跑去，跑得命都快没了。但他没有停，一直跑到山下，发现了泥地上的马克·图利和溪水里唐尼·瓦伊纳的尸体。他双膝跪地滑坐在马克身边，本能地从警长外套里掏出折叠小刀。他割开马克手腕和脚腕上的绑带，图利四仰八叉地躺在了泥里，发出一声呻吟。

"马克，她在哪儿？"

马克哼哼着。克莱顿抓着他的 T 恤，几乎把他从地上拎了起来："凯特在哪儿？"

马克又哼哼了一声。不过这一次克莱顿发现，他正指着远处一点微弱的亮光。他不是在呻吟，而是在说"去"。

"我会派人来帮你的。"

"去。"马克说了第三次，又瘫倒在地上。克莱顿已经站了起来，沿着杂草蔓生的小径往打翻的提灯走去，喊着妻子的名字。

"凯特！"他一心想看见妻子还活着，那盏灯燃起了他的希望。他边往灯跑，边摸柯尔特手枪，忘了枪已经拿在了手里。突然，他放慢了脚步，因为他看见了被捅死的库特·瓦伊纳，光着膀子，浑身都是血和松针，但他只看见了这一个人。希望恰恰给了他最痛苦的打击。

"凯特！"他又喊了一声。克莱顿眼中涌上了泪水。他捡起提灯，发了疯似的四处照着，想找出依稀的一点足迹。刚一找到，他便沿着凯特在土里留下的脚印冲上了山。他不顾疼痛，也不管现在的动作会对腿部造成永久损伤，离公路越近就走得越快。才爬到一半，他就看见了那条沟和黏土上留下的拖痕，顿时心乱如麻。他高声叫着她，叫着所有人。他摸着土里的人形。红色的黏土和潮湿的树叶一路拖到了沥青路面上，在路边消失了——那是车子可能停过的地方。迈克不可能比他先到。他要是先到了，肯定会呼叫克莱顿的。她被别人带走了。克莱顿的双眼由灰转黑，仿佛陷进了脑袋深处，但愤怒瞬间开始爆发，眼泪滚滚而下。他又高声喊了她一遍，但没有人答应——只有他自己的回声。不应该这样的。他觉得天旋地转。他辜负了她。他叫了一次又一次，想从沟里爬出来，但他的伤腿已经变成了废掉的松紧带。他拿柯尔特手枪戳着地，想把自己撑起来，但一站起来就疼痛难忍，仰面朝天摔进了软土里。他笔直地举着满是土的左轮手枪，似乎想一枪打到月亮上去，把所有的错误都改正过来。就在此时，他也看见了天使。只不过那不是天使，而是车头灯。接着他听见了卡车的声音，越来越响，发动机碰撞着、摩擦着。他听见车门打开，又猛地关上。他放低手枪，对准脚步声过来的方向，拇指一拨击锤，扣紧了扳机。他开火了。

"我靠！克莱顿，是我，迈克。"

克莱顿拿枪的手瘫软下来，他又摔进了沟里。他的帽子一歪，掉了下来，滚进了碎石中。

"你找到她了吗？克莱顿？哦，老天，她在哪儿？"

"我不知道……"他几乎无法呼吸，"我不知道。"克莱顿抬头看着迈克，还有其他几个卡车头灯旁边的人影。

"求求你，帮帮我。帮我找到她。"

"把他弄出来。"

两个克莱顿不认识的男人跳进沟里，把他拖了出来。他站不住，他们只能把他扶到卡车边，让他靠在车头的格栅上。

"给，伯勒斯先生。"其中一人说着，把克莱顿的帽子递给了他。他接了过来，放在车前盖上。他还攥着枪，骨节发白，用它靠着车头生锈的金属，稳住自己。他擦干眼泪的时候，没有人吭声。

"图利在下面，棚子旁边。他情况很糟，但还活着。"

迈克吹了声口哨，指了指，又有两个人冲进了林子。

"他需要治疗。但你们得快点。下面还有两具尸体得处理掉，"克莱顿说着，声音慢慢恢复了正常，"瓦伊纳家的库特和唐尼死了。我觉得是凯特把他俩干掉了。"

迈克摘下棒球帽，紧紧攥着："那她到底怎么了，克莱顿？"

"我不知道。我跟着她的足迹到了这儿，但足迹到了那边就完全消失了。"他指着路边，就在他们站着的地方前面一点。

"我们从哪里入手，克莱顿？告诉我，兄弟。我该怎么做？"

克莱顿把全身的重量都转移到那条好腿上，差一点摔倒，但迈克和其他人冲上前来，稳住了他。"只剩两个玩家没有出局了。一个是闯进我家的泰特，还有一个是妹妹瓦妮莎。"

"我以为你说过她不会参与这些事。"

"是她说她不会参与。我说的是，我不知道该相信什么。我唯一能确定的就是凯特还下落不明，那两个人是我仅存的线索，所以带上几个人，去把他俩找到。我也带上两个人，我们要——"

吱嘎作响的无线电和一阵静电声打断了克莱顿的话。"伯勒斯警长？你在吗？"站在迈克身边的那个人在监听警察局波段。克莱顿看了他一眼，他立刻从腰带上抓起扫描监听器，递了过去。

"克里克特？我在。说吧。"

"警长，是凯特的事。"

"凯特怎么了？你知道她在哪儿？"

静电声。

"克莱顿，她在麦克弗斯县纪念医院。一个女人刚把她送进去。她情况很糟。你得赶紧过去。"

"她在维莫尔的医院里？"

"是的，长官。"

克莱顿闭上眼睛，靠在了卡车上："她还好吗？"

"不，警长，她不好。护士黛比·佩恩刚打来电话，说她看起来像是去鬼门关走了一遭，但她还活着。到底发生什么了？"

"她会活下来的，"克莱顿对自己说，浑身一阵轻松，"没时间了，我一会儿再跟你细说。给黛比回电话，告诉她我马上过去——再叫她派部救护车去松营路。里程标记31。那里有个男人急需救治。全速赶去。"

"好的，长官，我马上打。"

"克里克特？"

"是的，长官？"

"送她去医院的女人是谁？"

"我不知道。黛比说不认识她。她只留了个姓，好像是瓦伊纳？"

克莱顿和迈克交换了一个眼神，克莱顿把无线电装置扔还给它的主人。克里克特还在对讲机里说话，问到底怎么了，但克莱顿没理她。"关机。"他对拿着监听器的小伙子说。那小子一转旋钮，咔嗒一声关上了。"迈克，我们得把那些尸体处理掉。它们现在就得消失。"

　　"一句话的事情，克莱顿。我们会处理的。你去吧。"

　　克莱顿跛着腿往野马车走去，没叫任何人帮忙。迈克对拿着监听器的小伙子一点头，他赶紧跑到路上，跟着警长，防止他摔倒。

　　"克莱顿？"

　　"干吗？"他没有停下脚步。

　　"你觉得瓦妮莎知道会发生这种事吗？你觉得是不是她策划的？"

　　"我还不知道。"

　　"克莱顿，会不会是她故意让这种事发生的？好插手进来，赢得你的信任？"

　　"也许吧，但如果我是你，我会想得再深一点。"

25

麦克弗斯县纪念医院

维莫尔山谷小镇

克莱顿坐在雪白的病房里，握着睡着的凯特的手。他用拇指摩挲着妻子手背上固定输液管的胶布，体会到了一种从未感受过的疼痛。经历了这么多之后——让他瘸了腿的枪击，由之而来的骨头里挥之不去的疼痛，甚至是吞没了他的家、险些让他和儿子送命的高温与火焰——却没有一样可以跟这种空洞的抽痛相比，仿佛把他黏在了凯特病床边难受的钢椅子上。她差点死掉。他知道她的一部分已经死了。她经历的那些事情和为了活下来而做的那些事情，意味着十二小时前的那个她已经永远地离去了。他用一根手指轻抚过她的头发。感觉像是在摸稻草。她一定很讨厌别人看见她这么萎靡——这么脆弱。现在他才明白，他中枪后在亚特兰大类似的病床上躺着的那几个月，她心里是什么感觉。现在他才明白，她想着他还能否醒过来、自己是否需要一个人面对以后的人生时，该有多么孤单。他怎么能这么自私？他怎么能让这种事情发生？他给过她承诺，说要永远保卫她的安全，她相信了他。他每次这么说的时候，也都相信自己。但等到狼群真的来了，她却只能独自面对它们。他轻轻攥着她的手，又流下了眼泪。眼泪每过几分钟就是一波。他看着她，不愿睡去。床的另一边有台机器，每过几分钟就会哔一声，每次都吓他一跳。机器吐出来一条纸，对他来说没有任何意义——上面只有一串他看不懂的墨水线——但他很清楚，她胸口起伏的节奏和他自己的一样。她活着。病房的门开了，他又哆嗦了一下。护士黛比走了进来，穿着护士服，拿着钢板夹。她对他笑了笑，他擦了擦眼睛。

　　"她怎么样了？"

"还是一样，"他说，"还没醒。"

黛比轻轻撕下机器上的纸条，在板夹上记下心电图读数。"那就好，克莱顿。她需要休息。没有变化是件好事。"

克莱顿趴在床栏上，两只胳膊叠在一起，把脑袋搁在胳膊上。黛比从门旁边又拖过来一张椅子，放在他的椅子旁边。"听着，"她坐了下来，"我知道她醒来时你想在旁边，但也许她还要很久才会醒。她需要睡眠。我们给了她帮助睡眠的东西，而且我觉得你看起来也需要一点休息。要不要找个护士看看你脸上的口子？然后你也去睡一会儿？"

"我没事。"克莱顿说。他没有动。

黛比叹了口气："那好吧，至少让我坐在这里看她一会儿，你可以去收拾一下自己。"

从进医院到现在，克莱顿第一次低头看自己的靴子。他发现地板上都是自己带进来的红色黏土。这更让他觉得，自己只要一出现，就会把碰到的所有干净东西弄脏。他还是不愿意站起来。

"她现在待的地方，对她来说最合适不过了，警长，而且我不会让她一个人呆着的。我保证。去看看埃本吧，他也需要你。凯特会好起来的，"黛比把一只手放在他的肩膀上，"你们都会。"

克莱顿还是没动，又过了一会儿，才看了一眼那个身穿护士服、说着"我保证"却什么都保证不了的女人。他从地上捡起自己的帽子："送她来医院的那个女人。"

"怎么了？"

"她在哪儿？"

克莱顿发现达比·埃利斯正站在马克·图利的病房前。那天，达比刚从这家医院出院，现在本该躺在家里的床上。然而他却穿好了笔挺的棕色制服，等待着克莱顿发号施令。

"他怎么样？"克莱顿问。

"不太好。差点死掉。他的头部、胸部和背部有大量挫伤。鼻子被打得粉碎。即使脱离危险，也得做整形手术。双腿都断了，还有一处颅骨骨裂。"

"老天。"

"最大的问题是内出血。医生说控制住了，但现在，我觉得只能听天由命。"

"他会挺过去的。"

"希望吧，头儿，"达比摘下帽子，揉了揉浓密的沙金色头发，"到底发生了什么，头儿？都是谁干的？"

克莱顿手插口袋，透过窗户往图利的病房里看去："我不知道。"

关于站在面前的这个男人，达比知道两件事：一、他不太会说谎；二、他要是真的说谎了，就绝对不会看你的眼睛，而且总是会把手插进口袋里。

"克莱顿，我是来帮忙的，老兄。告诉我你需要什么，我马上行动。"

"我知道，达比，但你已经在帮我了。你还没有恢复到可以执行任务的程度，而且里面的那个男人需要像你这样的人照看着他。你留下。要是我找到了什么线索，肯定第一个告诉你。"

达比没再追问。

"还有谁来过吗？"

"当然是疤痢迈克和'钉爪'麦肯纳啦。他们本来要上来，但保安吉姆不让。只有家人可以上来。"

"他没事吧？"

"谁？迈克还是'钉爪'？"

克莱顿看着达比："吉姆。"

"哦，没事。他们走的时候很太平。"

"那就好。"克莱顿转身要走。

"长官，关于凯特。我——"

"我明白，孩子。我明白。等她醒了，我会跟她说你问她好了。"

"好的，长官。"

克莱顿把达比留在走廊上，往电梯走去。到了一楼，他找到了黛比跟他说的那间小等候室。送凯特来的那个女人说，万一警察或是别人需要找她谈话，她会在那儿等着。克莱顿知道，那就意味着瓦妮莎在等他。自从他在餐吧遇见她起，她就一直在编网，营造虚假的安全感，而现在，她在等着把他往那张网里拉得更深。他骨子里能感觉到她狡猾得像条蛇，但他需要直视她的眼睛。他需要确认她有没有参与——是否这一切都是因她而起。他心跳得快从嗓子眼里蹦出来了，可他还是推开了门，把心一横，准备再次面对这个瓦伊纳家的女人。但她不在里面。里面没有别人，只有一个老太太，织着放在腿上的一件蓝色的东西，看起来和他一样疲惫。克莱顿走进房间的时候，老太太把钩针和织物放在了脚边的小包上。他没有坐下，她也没有站起来。

"你好，警长。你是来找我的吗？"

他低头看了一眼外套上的警徽。"不好意思。不是，"他说，"我找的是另外一个人。"

老太太环视了一圈小小的房间："这里只有我一个人。"

"你能告诉我另一个女人是什么时候离开的吗？"

"很抱歉，孩子。一直只有我一个人坐在这里。"

"你在这里待了多久了？"

"天呐。好几个小时了吧，我想。"

克莱顿看起来很困惑："一个年轻女人，蓝眼睛、金发、很高？这里没来过这么个人吗？"

"抱歉，警长，没有。"

"那么，抱歉打扰你了。"克莱顿转身要走。

"没事，"老太太说着，挪了挪身边便携式小氧气瓶的长塑料管，又拿起了钩针，"她的头发是黑色的。"

克莱顿又转过身来："你说什么？"

"瓦妮莎。她的头发是黑色的。我不明白她干吗要戴那顶傻乎乎的假发。"

克莱顿不解地站着。

"我相信你是来找我女儿的，警长。"

克莱顿仔细盯着老太太，发现了她们母女的相似之处："你是特怀拉·瓦伊纳。"

"是我。"她说着，慢慢站了起来。

"是你把我妻子送过来的？"

"对，是我。"

克莱顿觉得有些站不稳。他没想到会是这样。他怀着满腔的痛苦和愤怒，仿佛扛着一把大锤，却不知道往哪里抡。

"是你干的吗？"

"你妻子的事？"

"所有这一切，女人。别给我装无辜。今晚是你指挥那些混蛋对我们这么干的吗？"

"不，警长。不是我。都是我继子丹尼尔擅自行动。其实，我求过他别上这座山，但丹尼尔总是一意孤行。"

克莱顿朝她走近了几步，依然能感觉到那把大锤的重量。他低吼道："他的一意孤行，今晚彻底结束了。从今往后，他哪条道都走不了了。我希望你明白这一点。"

特怀拉闭上双眼，吐了一口气："我相信你是对的，孩子，而且我觉得我应该对此负责——对所有这一切负责。所以我才来这儿。"

"瓦妮莎在哪儿？"

"我不知道。"

"我才不信。她参与了吗？"

"没有。现在我能确定的事情不多了，警长，但这一点我很肯定。我了解我女儿，今晚这里发生的这种事，贝西·梅——我是说，瓦妮莎——是不会参与的。"

"我需要她亲口告诉我，所以如果你知道她在哪儿，我建议你告诉我。"

"如果你找到了她，准备怎么做？"

"我不会问你第二遍的，特怀拉。如果你知道她在哪儿，那就告诉我。"

特怀拉指了指刚才坐的长沙发："你不介意我坐下吧？我膝盖不太好。"

"我不管你干吗。她在哪儿？"

"克莱顿，求你了，坐一会儿吧。我有话要对你说。然后我会把你想知道的东西告诉你。"克莱顿盯着老太太，想看清她的真面目。原来瓦妮莎就是遗传了她。她们都让人读不透。

"说吧，"他说，"快说。我的耐心快用完了。而且我告诉你，要是我发现你和今晚这里发生的事情有任何瓜葛，马上就会再回来找你谈话的。"

"我明白。"

老太太小心地坐回沙发上，把鼻管架在了上嘴唇上。安置妥当之后，她静静地坐了一会儿，从管子里深吸了几口氧气。克莱顿也坐了下来，听着老太太的喘息。她向他道歉，说她要花一点时间才能接得上气来。克莱顿没吭声。他不在乎。

"我从没想过自己这一辈子到头来会是这个样子。成了个连走到信箱都会喘不上气来的老太太。我以前有过那么多的愿望，为了我自己和我的孩子。但我现在已经成了这样，也就只能尽量把剩下的日子过好了。"

克莱顿看着她边说话边断断续续喘着那半口气。她的面容已经被苍老、压力和香烟摧残殆尽了，但克莱顿还是能从她的眼睛里看出，她以前是个美人。但这美貌已经从她身上被剥夺了，就像煤从土地中被剥夺一样，除了干掉的空壳，什么都没有留下，再也不会有任何东西生长出来。一想到楼上冰冷病房里的凯特，想到在她身上发生的那些事情，他的那把大锤仿佛又重了许多。他终止了闲聊。

"直接说我关心的那部分故事，特怀拉。我不认识你，我也不关心你的人生。"

老太太在椅子上动了一下，朝警长凑了过来，"我们有很多相似之处，你知道吗。我可以告诉你很多这里的人们的故事，我们能聊上好几个小时。"

"够了。谈话结束了。"克莱顿抓着椅子边缘，要站起来。

"我认识你父亲。"

克莱顿停止了动作，瞪着她。老太太环视了一圈屋里，像是担心有人偷听，虽然她知道这不可能。但其实就算有人偷听，她也不在乎。很久以前，她就对保守秘密失去了兴趣。"是我杀了他。"

"什么？"

"准确来说，不是我本人。我派我丈夫约瑟夫和他儿子丹尼尔去烧你父亲的谷仓。我觉得要是趁着你哥哥们还没开始介入，就把他们的机器都毁了，我就可以让他们远离这种邪恶的生意。但我只做成了一件事，就是害死了你父亲。我想也就是从那时起，丹尼尔开始走上了不归路。当时他还是个孩子，但那晚之后他就变了。之后我再也没有看他恢复过原样。回想起来，我最近开始相信，那次化学火焰的烟雾，也就是导致我的约瑟夫得癌症的原因。我想，既然那天晚上是我让他去的，那我也害死了他。"特怀拉说得那么随便，仿佛她刚才并不是在坦白自己害死了克莱顿的父亲。克莱顿完全被她说懵了，他摘下帽子，沉浸在她的故事里，仿佛她刚才坦白自己害死的那个人并不是他的父亲。"我几乎应该为我爱过的每个人的死负责。"特怀拉说。她深深地直视着克莱顿，让他很不舒服："我不期望得到原谅，我也不期望你理解我对这一切感到多么遗憾。"

他没有说话。他突然强烈地意识到，这个女人疯得有多么厉害。大家都知道他父亲是被火烧死的，任何人都可以说是自己放的火，但她说的这些太让他震惊了，他也就这么一直听了下去。特怀拉看到了他眼中不知所措的神情，又浅浅地吸了一口气："我可以想象你现在怎么看我，警长。我不知道这个消息让你感觉如何，也不知道你信不信我，但这些都不重要。我来这里，不是因为这些往事。我一辈子几乎都生活在对过去的恐惧中。我不想再被恐惧支配了。那是你父亲的手段——你大哥的手段。这样的日子我早就过够了，看看我现在是什么下场——咱俩是什么下场。你的妻儿都躺在医院的病床上。我丈夫死了。我也有孩子死了。我孙子死了。但我还没死。我还活着，被迫亲眼看着这一切发生，我再也不能——不会——这么做了。我不想再在恐惧中度过余生，害怕自己会死掉，或是担心更多的人被杀害。所以我才来这儿。我活到这个份儿上，已经开始接受一个事实，那就是仇恨一直都是对于我家族的诅咒，而且这仇恨一定和我有关。我以前相信，我可以保护他们免受其害，但事实就是，我只会助长这种仇恨。我辜负了他们。我辜负了他们所有人。但有一个人，我还没有辜负，我来这里，就是为了求你饶她一命。"

又一声浅浅的呼吸。

"说完了吗？"克莱顿已经从听童话故事的状态中清醒了过来，起身戴上帽子，"告诉我去哪里可以找到瓦妮莎。"

"你知道吗，你长得真像他——你的父亲。"

"少废话，女士，告诉我她在哪儿。"

"我告诉过你了，我不知道。"

"所以这一切都是把我留在这里的狗屁招数？你让我听了这么久的废话，就是为了让她跑路？你真的以为，她做了那些事情，还能在世上找到躲得过我的藏身之处？"

"求你了，克莱顿。你错了。我很熟悉你现在这种愤怒的感觉，但求你，别这样。不要像他们其他人一样。"

"她——在——哪儿？这是你最后的机会。"

特怀拉尽力往脆弱的肺里吸了一口氧气，捡起了小包。她掏出一个小纸条，递给了克莱顿。他打开一看，是个地址。

"这是她要去的地方吗？"

"不，但你可以在这里找到你想找的东西，为这一切做个了断。你会在那里找到你需要的东西。"

克莱顿端详着小纸条，又看了看老太太。她不会再说什么了。他一言不发地离开了房间。门一关上，特怀拉·瓦伊纳就开始收拾自己的东西。她花了好几分钟，才把装着氧气瓶的小推车推过了等候室的门槛，但她终于成功了，随后往医院小小的接待区缓步走去。柜台后面坐着一个黑人，面相挺和善，穿着灰色的保安服，正敲着电脑。她推着小推车，走了过去。

"有什么事吗，女士？"

"嗯，"她看了看他的名牌，"不知道你能不能帮我个忙，吉姆。"

吉姆站了起来："可以，女士，什么忙？"

"能不能帮我把这个给你们这儿的一个病人？"特怀拉把她织的深蓝色羊毛毯子放在了柜台上。

"当然，女士。病人叫什么名字？"

"伯勒斯。埃本·伯勒斯。"

26

红土地汽车旅馆

华盛顿市，佐治亚州

泰特·瓦伊纳把门卡插进卡槽里，把行李袋往床旁边的椅子上一丢。他打开了墙上的电灯开关，灯没亮。他又在黑暗里上下拨弄了几次开关，最后放弃了。"见鬼。就没有一样东西好使。该死的小气鬼酒店。"他已经在这儿住了好几天了，所以房间里很乱，但他知道回家是别想了，除非接到库特的信儿。他才不愿意去跟特怀拉解释，库特是怎么在北佐治亚胡作非为的。他本该已经接到电话了，但见鬼，两天过去了，还是没有电话。他已经烦透了库特这一套。也许的确应该由他来告诉特怀拉。也许这样她才会发现，值得托付生意的人是他，而不是那个或许正和傻逼唐尼嗑药嗑得死去活来的疯子库特。泰特走进浴室，一按开关，灯亮了。他在洗脸池里洗了把脸，随后冲了个澡，擦干身子，把湿浴巾裹在了腰上。他已经懒得再去试总电灯开关了，而是去包里翻了一通，找到出去时买的那瓶金酒，扭开瓶盖，坐在了床上。他伸手按了一下床头柜台灯底座上的开关，小小的房间里亮起了幽暗的橘色灯光。

　　"你好啊，泰特。"

　　泰特猛地回头一看床对面，打开的金酒掉在了地上。他一只手本能地抓住了浴巾，背靠着床头板，去抓行李袋。

　　"袋子里没有你需要的东西，泰特。你洗澡的时候，我把刀子拿出来了，"克莱顿在小沙发上换了个姿势，打开外套，给泰特看了看内袋里的战术刀，也让他把刀下面几英寸处银色的柯尔特手枪看了个仔细，"我喜欢这把刀。我想我会留着。"

　　泰特飞快地一转脑袋，把整个房间看了一遍，双目圆睁，眼神慌乱。

"老实说，小子，你这儿连把枪都没有，我还挺惊讶的，但我猜也没什么可奇怪的，"克莱顿从大腿上拿起烧焦了一点的胡桃木拐杖，"趁着人家睡懵了去拜访，才更像是你的风格。"

"嘿，我说，你看啊，伯勒斯先生，我知道你是怎么想的，但你错了。我发誓。"

克莱顿跷起二郎腿，抚摸着架在腿上微焦的木头，"你相信吗？那天晚上你烧掉的所有东西里，偏偏是这根老木头挺过来了。"

"伯勒斯先生，求你了，听我说。"

"胡桃木是一种顽强的木头。"

"求求你，老兄。"

"行吧，泰特。我还有点时间。我哪里错了？你用这根棍子敲我脑袋、又放火烧我的家，难不成我看错了？你想让我和我儿子活活烧死，还绑架了我老婆，把她送给那些畜生，难不成我连这个都理解不了？说吧，请告诉我，我还漏了什么。"

泰特溜到床边，但克莱顿一只手握住了左轮手枪的枪柄。"你就坐那儿说。"

泰特两手放在身体两边："好、好。我不动。听着，我不是说我做的那些不是坏事，但我发誓，是我救了你们。"

"说说看。"

"我没骗你，老兄。库特想把你们都干掉。他让我把你家点了，看着你们烧死。想让你活活烧死的是他，不是我。他才是那个失心疯的人。而我给了你们反抗的机会。"

"是吗？"

"对，我是放了火，但我给了你们时间逃出来。我发誓，我绝对不会让那个小婴儿出事。那不是特怀拉想要的。我也不想。都怪库特。

他才是需要付出代价的那个人。去找他吧。"

"库特死了，"克莱顿等泰特反应过来，才又补充道，"唐尼也死了。你把凯特留给他们几小时之后，他们就都被凯特干掉了。"

泰特在床上往前挪了挪，还抓着腰上的浴巾："呃，我去，老兄，你们已经报了仇了。再杀我又有什么意义呢？我只不过想帮我们家里人一把，而且不想杀人。求你了，老兄。我想做好事来着。"

克莱顿的眼神变得灰冷起来："让我老婆被强奸和折磨，就是你所谓的好事？"

"求求你，伯勒斯先生。我想阻止他们来着。真的。"

"这个嘛，别担心。凯特阻止了他们。她用刮鳞刀把他们扎了个透心凉，我数了数，大概每人 20 刀吧。我们把他们的尸体扔进了洞里。这么干真是爽翻了。现在只剩下最后一环了。"克莱顿拿起拐杖，拄在地毯上。

"我破了规矩，对你大发慈悲，你反倒要杀我？也把我扔进洞里？"

克莱顿站了起来："不，泰特，我不是来杀你的。我只不过是来告诉你，你表兄弟都死了。而且我觉得你可能会想知道，是谁告诉我你在这儿的。出卖你的，正是你的家人。"

泰特又往前挪了一点，但克莱顿看起来镇定自若。

"原来是那个贱人，贝西·梅。"

"哦，不。我还没见到瓦妮莎。是特怀拉。我猜她知道你会在哪儿。她给我写得清清楚楚。她先把凯特送到了医院，然后又非常爽快地帮我找到了你。我猜啊，你终究不是最得宠的那一个。"克莱顿走到房间另一头，压低了帽子，扣在眉毛上。他转了一下门把手，打开门，站在门口，转过身来。泰特已经站了起来。

"知道吗？"克莱顿说，"我不想让你觉得，你刚才那些话我没听进去。你叫它'慈悲'，对吧？好吧，善有善报嘛，既然如此——"他打开外套，抽出他从泰特行李袋里拿走的战术刀，"我也给你个反抗的机会。"他把直刀扔在地上："再见了，泰特。祝你好运。"

"我不明白你的意思。"

"我知道你不明白。但你会明白的。"克莱顿打开门，步入夜色中。不等门关上，"钉爪"麦肯纳便脑袋一伸，走进了房间。

"我知道是你干的。"

"搞什么飞机？"泰特飞快地去抓刀，但"钉爪"一脚把刀踢到了床底下，用粗大的胳膊箍住了泰特的脖子。他变形的拳头往后一使劲，用尽全力勒紧了黑肌肉男，把六英尺高的瓦伊纳举离地面四英寸有余，而且越勒越紧，勒得他自己小臂上的青筋都暴突了出来。泰特眼中的毛细血管炸裂了，双眼变得通红。他的脸成了明亮的茄紫色，想把手指探进自己的脖子和"钉爪"胳膊之间密不透风的缝隙中。他双腿乱踢，蹬翻了台灯和边桌，但"钉爪"毫不放松。泰特两脚踩着床沿往后蹬，但大块头男人只往墙边退了几英尺。"钉爪"稳住自己，勒得更紧了。

"我知道是你干的。"他又说了一遍。泰特喉咙里咯咯作响，疯狂地拍打着"钉爪"的胳膊，想让他发发慈悲——让他再喘一口气，好做解释。但"钉爪"并没有对他发慈悲。最终，泰特不动了，但还被"钉爪"举着，软绵绵地悬在半空中。等到泰特不再抽抽了，"钉爪"才把他沉重的尸身扔到地上。

"他是我朋友。""钉爪"从口袋里掏出一张照片。自从他认识弗雷迪·塔滕起，这张照片就一直被弗雷迪摆在酒吧的保险柜旁边。那是弗雷迪和他哥哥雅各布的照片，是他俩当兵派驻韩国的时候拍的，是这个世界上弗雷迪唯一在乎的东西。有天晚上，等其他人离开"降落伞"酒吧回家之后，弗雷迪跟"钉爪"说了拍这张照片那天发生的一切。弗雷迪说，他以前从来没有跟任何人说过这些。那也是"钉爪"记忆里最后一次觉得自己还像个人。那晚对他来说意味着一切。他把照片放在泰特的尸体上，站在旁边，在心里重现了一遍那次对话。和他对话的，是这个世界上唯一被他当作是朋友的人——但那个朋友被无缘无故地杀害了，还被碎了尸。"钉爪"在泰特的尸体旁呆呆地站了将近十分钟，用那只正常的手拉开裤链，尿了泰特一身。

　　克莱顿往北开了两个钟头，一路未停。很久以来，这是他头一次在独处的时候这么不自在。他想和家人在一起。他抚摸了一遍横放在野马车副驾驶座上的胡桃木拐杖。这几天，他已经离不开它了。一年多来，他一直放不下自尊，不肯用它。现在，他已经不在乎自尊了。自尊总是让他失望，或让人送命。他不会再追求自尊了。他终于可以遵从自己的意愿做人，不用再迎合别人的期待。他的妻儿在麦克弗斯县纪念医院等着他，但他还有一件事情要办。他打了个电话给"疤瘌迈克"。等他开到麦克弗斯县，一切都已经准备就绪。

27

焦胡桃池塘

旭日初升，阳光洒在水面上。克莱顿站在墓碑旁，那里是他父亲和两个哥哥最后的安息之地。对于伯勒斯家族帮派最年轻和唯一幸存的成员来说，这里是整座山上最让他纠结的地方。池塘就是他回忆的战场。其中有他童年的回忆——他和哥哥们从绳子和旧拖拉机轮胎做成的秋千上荡入翠绿的水中——也有近些年和这些孩子长大成人之后的回忆。过去和现在的回忆总是争斗不休，让成年后的他多数时间陷在羞愧与内疚之中。

而这一切，将会在今天终结。

池塘也是一个谜。直到最近，他才开始思考其中的深意。他以前一直想不通，哈尔福德为什么要把父亲葬在这里——但现在他明白了。克莱顿看着迈克把皮卡车停在了空地上，便走到野马车后，打开了后备厢。他拿出两把铲子，靠在车上，又掏出一盒软包装香烟，拿出一根已经弄弯了的，却迟迟没有点燃。最后，他把香烟塞回了盒子，从打开的窗户扔进了车里。这玩意儿他也不想再碰了。迈克熄火下了车。

"好嘞，兄弟，我来了。你总得告诉我，为什么让我来这儿跟你见面吧？我还以为我们会去大院把这事儿给了了。"

"我们会去的，但我想让你看一样东西，"他抓起一把铲子扔给迈克，自己拿起了另外一把，"走吧。"

清晨的微风吹皱了池水，树木在阳光中渐渐明亮起来。克莱顿走到掩没父亲墓地的锯齿草丛里，停了下来。

"呃，克莱顿，等等，"迈克在草丛边停下了脚步，"你不会是想把什么人挖出来吧？"

"不是挖人，迈克，是挖东西。"

迈克还是没有走过来。

"怎么了，迈克？你不会连挖个洞都怕吧？我认识的人里，就数你挖洞挖得最多了。你现在应该已经不害怕了才对啊。"

"我只是不明白，克莱顿。告诉我是怎么回事。"

克莱顿对着那排熟悉的树，也许是最后一次大声念了一遍父亲的名字。"别担心，迈克。他不在里面。"

"你怎么会这么想？"

"我就是知道。"

"不管你想这么做是出于什么原因，也许让我来帮忙不是个好主意。"

克莱顿把帽子搁在花岗岩石板上："为什么？"

"因为你是这个人的儿子。你想对他的墓地做什么都可以，但我不是你们家人。我不能叫别人说我就是那个脏了加雷思·伯勒斯尸骨的家伙。这种事太邪乎了，会让我死在这儿的。"

克莱顿把铲子往湿土里一插，咧嘴笑了起来："正是因为这个，我才知道棺材里没有尸骨。"

"到底是因为哪个啊？"

"恐惧。"

"我不明白。"

"不，你明白，迈克。你是对的。哈尔福德没疯。他只不过是子承父业而已。老爸早就明白，这一整间纸牌屋——这一整座山——都建立在恐惧的基础上的。恐惧就相当于整个木料间里最有用的一样工具。其实我说的这些你早就知道了，迈克。在这里，恐惧就是国王的货币，只要你收集到了足够多的恐惧，就能把一切都收拾得服服帖帖的——离自己远远的。老爸在这方面是高手，哈尔福德更是高手中的高手。要是你能说服大家一直怕你，大家就会开始误把它当作尊重。几十年来，伯勒斯家族机器上的所有齿轮一直保持润滑，运转顺畅，人们称之为领导有方，其实呢，只不过是大家都太害怕，不敢反对他们罢了。日子久了，加之太多的故事被改写，这一切就成了传奇。"

迈克擦去脸上今天头一回出的汗："我不知道，克莱顿。我支持你大哥，不是因为我怕他。我站在他这边，是因为我爱他。"

克莱顿铲起满满一铲子土和草，往墓地旁边一扬："你记不记得，当年有一次，哈尔以为你看上米歇尔·沃伦了？他抓着你的衬衣领子，把你拎到南瓜中心的采石场坑边上？那个坑有多深来着？差不多七十五英尺吧？"

迈克要么不知道，要么不愿意说，只是拿着铲子站在那儿。

克莱顿把挡在面前的红发往后一捋："这下你知道，我为什么说时间会让人们产生误解了吧？你要是跟他说了实话，那天他就会当着所有人的面，把你扔下去了。"

迈克想了一会儿："嘿，先等等，你是怎么知道我和米歇尔的事的？"

克莱顿翘起嘴角，露出一个得意的笑："我天生就是当侦探的，迈克，记得吗？"他又把铲子插进了土里，"所以不难理解，哈尔也会用同样的恐惧，让其他人远离他的钱。我是说，要是你准备去挖宝，有什么地方是你做梦也不想去挖的呢？因为一挖就会招来山上所有人的众怒？"

迈克点点头："加雷思·伯勒斯的坟墓。"

"对——因为那样做太邪乎了，会让人死在这儿的。"

"你这混蛋还真是聪明，克莱顿。不管你愿不愿意承认，墓里面那个老头儿的确给了你一个好脑子。"

"我都跟你说了，迈克。老头没埋在这儿。我父亲葬在库珀牧场呢，那才是该埋他的地方。只有哈尔福德知道确切的位置，而且他绝对不会说出来。那是他给我的最后一句'去你妈的'。"他又扬了一铲土。

"好吧，现在我信了。"迈克走了过来，开始挖土。

"而且你知道吗？"克莱顿问。

"知道什么？"

"我觉得哈尔也想让我找到它。"

迈克笑了。他实在是不怎么相信。"哦？是吗？究竟是什么让你这么想啊？"

克莱顿看着父亲墓碑左边哈尔福德的墓碑，就连说话的时候也一直看着："因为他把他埋在这儿。为什么？我一直想不通。我想他知道这件事会困扰着我。他知道，我要是有什么事情想不明白，是不会放着不管的。我想他知道，最终我会搞清楚的。而且就像你说的，我是这个人的儿子，对吧？"

迈克想了想，又扬起了铲子。他们又挖了一会儿，碰到了一个坚硬的东西。迈克铲子的钢头狠狠地撞在了木头上，振动一直传到手柄。撞击的声音听起来严实、发闷，不像撞到棺材那么空洞。他用铲子边又刮开了一些土，看见了下面的胶合板。

"你准备好了吗？"克莱顿说。

迈克点了点头，两人跪了下来。克莱顿用铲子沿着箱子边上刮了一圈，箱子整个露了出来。他挖出一个角后，便站了起来。迈克用铲子当杠杆，整个身子压了上去，没费什么气力就撬开了朽坏的木头。木板的一角裂开了，掉了下来。他把铲子放在一边，又蹲了下去，帮着克莱顿又扫开了一些土。没有死亡的气息。没有腐肉的恶臭。他们一拉裂掉的木板，木板就断开了。

里面都是现金，一捆捆包在玻璃纸里。迈克掏出厚厚一捆各种面值的纸币："他妈的。"

28

伯勒斯峰

克莱顿坐在老爸房子的前廊上，看着屋外他生长的这片土地，身上还带着在池塘边挖坑的污渍。房子已经完全不是他小时候住过的地方了，更像是个堡垒，而不是家。尽管如此，他还是不由得感觉又变回了孩子，坐在太阳底下，希望自己能像大哥一样，但又明白永远不可能。眼下看着这个地方变得空荡而寂静，让人觉得很奇怪。这让克莱顿心中充满了渴望，渴望归属于某种从一开始就不是他的东西，而他都不知道自己依然还怀有这样的渴望。那片混凝土以前是家里谷仓的地板——他父亲就死在谷仓里——现在还在那儿。他想着特怀拉·瓦伊纳和她讲的故事。倒也说得通，比说是他父亲自己干的更可信。哈尔福德以前在这里修老破车，还有晚上开着出去买酒的车，所以混凝土板上满是油渍和干泥。但克莱顿觉得，他还能从混凝土上看到十多年前父亲被烧死的焦痕。虽然多半只是他的想象，但这个念头还是让他心里发慌。克莱顿想念他的父亲。虽然父亲是个十恶不赦的大坏蛋，而且山上每个人都知道这里是"伯勒斯大院"，但对克莱顿而言，它永远都只是老爸的房子。他掏出手机，打给了医院。

"请帮我接 1108 病房可以吗？"

"请稍候。"

克莱顿拿着电话听了一串嘟嘟声之后，有人接了，是凯特的闺蜜查梅因·斯夸尔的声音："是克莱顿吗？"

"嘿，查梅因，她怎么样了？"

查梅因压低了嗓子，但克莱顿听得出她很兴奋："哦，老天啊，克莱顿。她醒了。她药劲还没过，但已经醒了。"

克莱顿站起来，抓住了拐杖："她能说话吗？"

"医生说她不该说话，但她从睁开眼到现在一直在问你。你得马上过来——稍等——别挂啊。"

克莱顿听着查梅因把电话捂在胸口的闷响。"克莱顿，你还在吗？"

"当然。"

"医生说可以说两句——来吧。"他等着。

"克莱顿？"凯特的声音又干又哑，但听起来就像只为他一个人唱起的歌。

"是我，宝贝。我在。"

"在哪儿？"

"我在老爸家，再办几件事情就好。我马上过去。"

"别耽搁太久。"

"我不会的。"

"好的。"

"凯特？凯特？你还在吗？我爱你。"

"我会帮你把这句话带到的，克莱顿，"查梅因说，"她还时睡时醒的，但等你到了这儿，我保证她会再醒过来。你还要很久才过来吗？"

克莱顿听见有车过来，便坐回了台阶上："不。绝对不会。"

宝马车从开着的铁丝网大门驶入，沿着砂石停车场绕了一圈，最后停在了门廊前面。瓦妮莎熄了火，克莱顿看着她在后视镜里审视了一下自己的妆容，合上太阳镜，放进手包里的一个盒子中，然后才看似气定神闲地打开车门，下了车。她比克莱顿印象里还要高，而且这次是黑头发，不像在乐奇餐吧那次戴着金色的假发。黑头发的她让他觉得眼熟，但胸中燃起的怒火让他不容多想。克莱顿之前几乎没正眼看过她，但现在看了个一清二楚。

"克莱顿。"

"瓦妮莎。"

"我来早了吗？"

"没有。"

"唔……"瓦妮莎看了看房子周围，举起双手，"他们是走着来的吗？利克在不在里面？"

克莱顿抓了抓胡须："不在。"

"我们是在玩游戏吗，警长？"

克莱顿乜斜着眼睛看着她："不是。"

"我以为我们是来这里碰面商量新的合作的。"

"迈克是这么跟你说的？"克莱顿抬起帽檐，让阳光洒在脸上。随后他又抓了抓脑袋，仿佛疑惑不解的那个人是他。瓦妮莎有些不耐烦了。

"是的。"

"哦，那我想咱们应该有什么地方搞错了。布拉肯现在肯定已经回到佛罗里达了。我们家貌似发了一小笔横财，足够维持这里的开销。不用再按照你的打算，把这里当作运毒品的高速公路了。"

瓦妮莎瞪着他："是吗？"

"对。是的。这样一来，有人心里就该犯嘀咕了，做这一切到底值不值得呢？杀我们的人，袭击我的家，烧我们的房子。"克莱顿原本故作轻松，但这种轻松还是在他历数前几天的事件时渐渐消失了。

瓦妮莎把手放低了一些："好吧。我不知道你话里有话想说什么，我还是走吧。"

克莱顿从栏杆后面拿起柯尔特手枪，站了起来："不许走，离开你的车子，瓦妮莎。"

她背对着他，面朝宝马车，考虑着各种可能性。她接下来的做法，和克莱顿想的一模一样。她开始装无辜了。她转身面对着他："哦，别这样，警长，难道你还是不信任我吗？"她已经近乎条件反射般地解开了外套的纽扣，"我已经告诉过迈克了，现在我也告诉你，我和我哥哥他们做的那些事情没有半点关系。我只不过是来谈生意的。"

克莱顿举枪瞄准了她。要是在几天前，他的双手可能还会有些颤抖，但现在不会了，枪举得仿佛从来没这么稳过："跪下，瓦妮莎。"他下了两级砖头台阶，走上前去。

"你在跟我开玩笑，对吧？"

"这把点 45 手枪看起来像是跟你开玩笑吗？"

"你想怎样？杀了我？杀了唯一一个能让你变成麦克弗斯县首富的人？"

"我告诉过你，钱已经不是问题了。我找到了我大哥的钱，所以这场游戏已经结束了。你跟车手们的毒品交易做不成了。而且事实证明布拉肯这个人说话算数，他已经退出，回家去了。他让我代他跟你说声再见。所以我猜你自己也明白，这就意味着我让你来只有一个原因。"克莱顿一拨击锤。

"你这么做是错误的。"

枪丝毫没有放低。他又朝她走了一步："我说了，跪下。"

"我不会这么做的，"她说；随后，仿佛跟树说话一般，她低语道："干掉他，宗。"

克莱顿又向前一步，咧嘴笑了。这就是他要的全部证据。

瓦妮莎提高声音，又说了一次："我说干掉他，宗。出岔子了。立刻干掉他。"还是没动静。旧福特引擎的轰鸣声让瓦妮莎转身往后看去。"疤瘌迈克"的皮卡车正沿着土路往大院开来。她又转过来面对着克莱顿，但开始显得有些绝望了。迈克开进大门，熄了火。他伸手越过副驾驶座，把门打开。瓦妮莎和克莱顿看着迈克把宗了无生气的尸体踢了出来，落到了砂石地上——他左眼上方有一个弹孔，没有流血。

克莱顿微微把手一抬，失望地看着迈克。

"怎么了？"迈克说，"我又不是故意的。"迈克绕到了卡车前面："这个小混蛋怎么都不愿意配合。"

瓦妮莎转向克莱顿，淡蓝色的双眼中燃起了冰冷的火焰。她的态度发生了第三次转变。

来了。克莱顿想。这才是真正的瓦妮莎。终于来了。

"你不必杀他的。他又没把你怎么样。"

"帮帮忙哦。要不是迈克先找到了他，他肯定已经把我干掉了。"

"你是个警长，克莱顿，不是个杀人犯。你何必这么做呢。"

克莱顿低头看着衬衫，随后摘下左胸口袋上方的银星，扔进了土里。"不再是了，"他说，"现在不是。"他往前走了最后一步，柯尔特的枪管离瓦妮莎苍白的脸只有几英寸："现在你他妈给我跪下，否则我一枪崩了你。"

瓦妮莎的双手开始颤抖，她还是不愿跪下。她死死盯着克莱顿灰色的双眼，想从里面找到天使——找到慈悲。她没有找到。沉默了几秒钟之后，"疤癞迈克"亮出了自己的枪，拉了一下枪栓。最终，克莱顿看着瓦妮莎渐渐消失，被贝西·梅·瓦伊纳取而代之。她看起来低三下四、软弱无力，就快哭出来了。接着，她做了一件自从离开博恩维尔那天起就发誓再也不会做的事情。她顺从了，跪了下来。

"快动手吧，死乡巴佬。赶紧动手。但你别想让我求饶。"

克莱顿朝她凑了过去，看见她前额上的化妆品已经被汗水糊住了。她低头看着砂石地："我告诉过我母亲，你和他们其他人都是一路货色。"

"你是对的，而且你母亲还没断气的唯一原因就是她救了凯特。我知道你把我们都耍了，瓦妮莎。你任凭你哥哥胡作非为，觉得这样自己就能大摇大摆地来当英雄。这的确不是你的预谋，但你也并没有出手阻止。你只不过把那坨狗屎甩到了我们家，任他胡来。我之所以能让你活到今天，是因为你母亲做了最后的努力，想纠正你犯下的一切错误。我想看看你是不是真以为你把我搞定了。结果还真是。我爸一定会爱上你的。"

瓦妮莎抬头看着他，扬起脑袋，直直地盯着点 45 手枪的枪管："你见过我母亲了，是吗？"

"是的。她求我放过你。如果她不觉得你有罪，干吗要那么做？"

瓦妮莎还盯着枪管："好吧，那我问你，侦探。既然你和我妈在一个房间里待过，那么你真的以为，她能开车去那些偏僻的小路找到凯特？更不必说把昏迷不醒、重得像死人一样的凯特抬进她车里了。她连自己从椅子上起来都困难。你就没想过她可能需要一个帮手？"她扫了一眼宗的尸体，迈克正把尸体拖进砂石停车场。她又低头看着土地，克莱顿始终举枪对着她，直到迈克把宗的尸体塞进了宝马车的后备厢。迈克砰地一关后备厢，瓦妮莎打了个哆嗦。

克莱顿把枪收进枪套："回家吧，瓦妮莎。"她抬头看了他一眼，眼神里更多的是愤恨，而不是解脱。"结束了。回家吧。"

瓦妮莎迫不及待地站了起来："就这样吗？"

"就这样。"

"我不用担心他了吗？"她指着迈克，"或是那个杀了泰特的丑大个儿？他们会不会来追我？"

"不，但我希望你离开我这个县，再也别回来，否则我保准你再也别想走了。明白了吗？"

不用克莱顿说第二次，瓦妮莎便连滚带爬地上了车。车门还没关上，她就发动了引擎。迈克走到克莱顿身边站着，两人看着她在停车场绕了一圈，转眼就开跑了，只留下一团尘土。

迈克把枪塞回裤子里，掏出无线电对讲机："我跟'钉爪'说一下她过去了。"

"不用了。"

迈克有些不解。计划本应如此。保全克莱顿的清白，让"钉爪"在南岭下面干掉她。"不用了是什么意思？"

"让她走。"

迈克收起对讲机："你确定吗，克莱顿？"

"对。"

"就算她做了那些事？"

"对。"

"她叫她的小伙伴杀你的时候，可一点儿也没犹豫。"

"我知道。但我不是她，"克莱顿走回门廊，捡起了拐杖，"打死那个小子的枪，你怎么处理的？"

"在他身上，她后备厢里。"

"查得到是谁的吗？"

"对他来说有可能。枪是他的。"

克莱顿噗嗤一笑，在前廊的台阶上坐了下来。

"怎么了？"迈克说。

"没什么，兄弟。稍等我一下。"他把枪放在身边的门廊上，掏出了手机。他轻点了一个号码，只响了一声就有人接了。

"特别调查员芬尼根。"

"嘿，查尔斯。"

"哎哟，你好呀，土老帽。我一定中了大奖，一个礼拜之内居然跟你讲了两次电话。怎么啦？"

“听着，长话短说。我只是想告诉你，我找到你那个范宁县杀人案的线索了。”

“快告诉我。”

“你问我的那部车子。有个家伙打电话给我，说他在伯勒斯峰那边看见它了。”

“哪个家伙？”

“重要吗？”

“我想不。你确定是同一部车子？”

“非常确定。”

“多久以前看到的？”

“就刚才。公牛山那个山头下来只有三条主路，只要你的人就位了，等于瓮中捉鳖。你能把柯比警长的杀人案结了，”——克莱顿对迈克微微一笑——“而且说不定还能发现点别的。”

“我就喜欢你这么神叨叨的，土老帽。”

“只是你得赶快行动，过这个村可就没这个店啦。”

“好嘞，我这就去，马上行动。”

“等等，查尔斯，还有件事。”克莱顿转身背朝着迈克，迈克识趣地给了克莱顿空间。

“讲。”

“上次我们电话里你说起的那份工作——亚特兰大分部那个。活儿还在吗？”

“必须在啊。”

“下周你有空聊聊这事儿吗？”

“克莱顿，我在佐治亚州调查局上班。我一直有空。”

“那先这么约着。”

“那你手头上的活儿呢？你觉得优秀、正直的麦克弗斯县公民们能离得开他们英勇无畏的警长吗？"

克莱顿望着砂石地上闪过的银光："这个嘛，我要是退了，他们也只能自求多福了。"

"哈，可以啊你，土老帽。那约个晚餐？"

"除非你请客。回头再聊。现在你得去破杀人案了。"

克莱顿挂了电话。迈克在他身边的台阶上坐下："你是绝对不会杀她的，对吧？""对，迈克。我不是个杀人犯。而且相信我，对于那种女人来说，坐牢才是生不如死呢。"

迈克摇了摇头："看见了吧？哈尔福德怕你还真怕对了。"

迈克上了旧福特车，开车下山了。克莱顿看着他开走。卡车刚从视野里消失，他就走到野马车旁，打开了后备厢。他把拐杖靠在保险杠上，把麦克弗斯县发的旅行袋推到一边，袋子里都是塑料纸包着的一卷卷钞票。他拿出两个五加仑的大汽油桶，分两次拎到了门廊上。他花了十分钟，把房子里里外外浇了个遍；又花了十分钟不到，用之前在波拉德便利店买的 Zippo 打火机点着了他一路浇进停车场里的油。方圆几英里之内一个人都没有，而且他已经确保迈克会忙活自己那份钱，不必再回来了。房子离林子也足够远，所以不会有引发森林大火的风险。完事之后，连县里的消防队都不用叫。老房子木头的部分立刻着了火，火势熊熊，克莱顿心中没有半点自责。他看着房子烧了很久，确保都烧干净了，才把拐杖往后座一扔，发动野马车，往南边的麦克弗斯县纪念医院驶去。他这一生都在左右为难。到底是做高踞山顶的那个人，还是做被碾压在山脚下的那个人？克莱顿选择了两个都不做。开出大门的时候，他甚至没朝后视镜看一眼。他打开野马车的收音机，让韦伦·詹宁斯的歌声洒满了整辆卡车。公牛山的最高点渐渐消失在火中。

尾声

T&A 休息站
佐治亚州，哈特县
1972

安妮特匆匆点了一遍自己剩下的钱，拿出 11 美元付账。这样一来，她就只剩下 89 美元 60 美分了。她本以为那些钱够她花两个多礼拜。而且她以为，两个礼拜之后，她就已经到了另外一个州，可她还在这里。但至少她已经离开了麦克弗斯县。想到这里，她一阵激动。她以前甚至连平原都不可能看到。但每当她开始自我感觉良好的时候，一想到孩子，她就呆住了。她差点儿又痛哭起来。自从走进卡车休息站，她已经哭了两回了，人们开始盯着她看了。不过，也有可能是因为她的样子。有几个好心人在哈伯沙姆让她搭了车，还给她在 6 号汽车旅馆订了个房间，但在那之后，她就再也没有洗过澡。在那个汽车旅馆用可爱的小瓶装沐浴液洗了澡之后，她觉得好多年里从没这么干净过，但那已经是一个礼拜之前的事情了，现在她觉得自己就像个脏兮兮的嬉皮士。再过几天，她就只能举着讨饭牌子站在十字路口了。她的头发太油了，只能在脑后挽成一个发髻，才不会让她在加油站厕所的镜子里被自己吓到。那里已经成为了她搞个人卫生的新地点。

"我可以拿走吗？"女招待路过的时候，指着桌上的账单和钱问道。

"哦，当然，女士。谢谢。"

"不客气，亲爱的。我一会儿把找的钱拿过来。"

"哦，不，不用找了。你拿着吧。"

大块头女招待涂着蓝色的眼影，搽的亮粉色口红漂亮极了。她把一只手放在钱上，对安妮特甜甜一笑："你确定吗，亲爱的？"她稍稍俯下身子："别误会啊，我不是想多管你的闲事，但看起来，你好像真的比我更需要这多出来的一点钱。你不留小费我不会介意的，你又没给我找什么麻烦。"

"哦，"安妮特说，"谢谢你。最近日子是有点难过。我还没有找对路，要是你明白我意思的话。"

"亲爱的，我们有些人永远也找不对路。"

"我好喜欢你的口红啊。"她不假思索，脱口而出。天呐，她真怀念涂口红的日子。

"哈哈，谢啦，甜心。"女招待笑了，笑容很和善。"我马上回来。"她拿起安妮特早餐的钱和账单，准备离开，但安妮特伸手拦住了她。她低声说："实在不好意思，女士，那边那些淋浴房是公用的吗？"她指着一排淋浴房的门。

"不是的，亲爱的。很抱歉。只有我们的长途卡车司机可以用。要是他们发现像你这么漂亮的姑娘在里面，保不准要发什么疯呢。"

安妮特突然觉得很尴尬，自己不该得寸进尺的："哦，好的。我就是好奇。"

大块头女人又笑了一下，但这次笑得有些勉强和伤心。安妮特已经习惯了这种笑容。她逃跑的那天晚上，大个子瓦尔在林子里也是这么对她笑的。那晚他违抗了她丈夫的旨意，放了她一条生路。女招待往收银机走去。几分钟之后，她拿着 1 美元和一点零钱回来了，和收据一起放在了桌上。她俯下身子，也压低了嗓子。"听着，"她说，"我让赫克托把淋浴房锁上打扫，所以没有人会进去。如果你可以快一点，想洗就进去洗吧，但别磨蹭。我不想被赫克托发现，那样咱俩都会有麻烦的。"

"哦，我的天啊，谢谢你。"安妮特飞快地收拾起东西来。

"要是你想把东西留在这儿，我可以帮你看着。但你得把钱拿好。那个我可没法负责。里面有肥皂、香波和干净毛巾，所以你直接进去就可以了。"

"我不知道该说什么，女士。谢谢你。"

"说声谢谢就足够啦。"

安妮特迅速地洗好澡，又穿上了自己一直穿着的那套衣服。她从黄色的"清洁中"招牌后面钻了出来，只有几个人对她指指点点，彼此耳语着什么。她不在乎。她感觉很好。她回到卡座，收拾好了剩下的东西。东西没多少，只有一个一元店的袋子，里面装着她找到的几件衣服，一双夹脚拖鞋，一张薄毯子，还有她从哈伯沙姆汽车旅馆里拿走的基甸会《圣经》。就在她拎起黄色塑料袋的时候，看见里面有样没见过的东西。她掏出来一看，是一管口红。亮粉色，漂亮极了。她朝女招待看了过去。大块头女人对她挤了挤眼睛，安妮特隔着餐厅又对她做出了一个"谢谢你"的口型。她抄起钱和收据，朝门外走去。刚走过1/4个柏油停车场不到，她就听见一个男人的声音喊道："嗨，美人儿，你要去哪儿？"

餐厅里女招待的善良，让安妮特两周来第一次对自己感觉好了起来，所以她允许自己做出了回答。和丈夫以外的男人说话，还不用惧怕后果，这种感觉怪怪的，但她挺喜欢。她走到一辆暗红色的皮特比尔特卡车旁边，只见驾驶室里坐着一个英俊的中年男人，长着一双蓝眼睛，和一头乱蓬蓬的金发。

"我还不是很清楚自己要去哪里，先生。你问我有事吗？"

"这个嘛,因为不管你想去哪里,我都想跟着去。"

"真的吗?"

"是的,女士,真的。"

"你能保证对我好吗?"

"想不好都不可能。因为我妈就是这么教我的。"

安妮特笑了。金发男人也笑了起来。她喜欢他的笑容。很实在。卡车司机冲着驾驶室另外一边示意了一下,她爬了进来。她从巨大的侧后视镜里看了看自己,从袋子里掏出那管口红。她把那抹亮粉色涂在了干裂的嘴唇上,又用餐厅的收据抿了一下。她觉得自己又漂亮起来了。

"你叫什么名字?"男人问道,伸出一只手来,要跟她握手。安妮特突然又感到一阵悲伤。她不想告诉他自己的名字,感觉像是会招来鬼魂,又或许这个男人认识她丈夫。他甚至可能会想把她送回去,而她就算死也不想回去。卡车司机坐在那儿,就那么伸着手等着,但安妮特不想回答他。她不想再当安妮特了。她觉得很难受,低头看着手里的收据,上面都是粉色的唇印。原来,女招待还在背面写了句话:

"祝你好运,亲爱的。

——特怀拉。"

安妮特仿佛重获新生。她对自己的新朋友一笑,握住了他的手。"我叫特怀拉,"她说,"很高兴见到你。"

"感到荣幸的人是我才对,特怀拉小姐。我叫约瑟夫,约瑟夫·瓦伊纳。照我说,要不咱们先出发吧?看看这条路会把我们带向何方。"

Brian Panowich
Like Lions
Copyright © 2019 by Brian Panowich
This edition arranged with Sobel Weber Associates, Inc.
through Andrew Nurnberg Associates International Limited
Simplified Chinese edition copyright：
2021 SHANGHAI TRANSLATION PUBLISHING HOUSE(STPH)
All rights reserved

图字：09－2016－538 号

图书在版编目(CIP)数据

狮之心/(美)布赖恩·帕诺威奇
(Brian Panowich)著；孙灿译. —上海：上海译文出
版社，2021. 4
书名原文：Like Lions
ISBN 978－7－5327－8414－1

Ⅰ. ①狮…　Ⅱ. ①布…②孙…　Ⅲ. ①长篇小说—美
国—现代　Ⅳ. ①I712. 45

中国版本图书馆 CIP 数据核字(2021)第 034833 号

狮之心

[美]布赖恩·帕诺威奇 著 孙 灿 译
责任编辑/宋 金 装帧设计/胡 枫

上海译文出版社有限公司出版、发行
网址：www. yiwen. com. cn
200001　上海福建中路 193 号
上海市崇明县裕安印刷厂印刷

开本 890×1240　1/32　印张 9.25　插页 2　字数 129,000
2021 年 4 月第 1 版　2021 年 4 月第 1 次印刷
印数 0,001—6,000 册

ISBN 978－7－5327－8414－1/I·5165
定价：46.00 元